台風の目の少女たち

赤川次郎

角川文庫
22327

台風の目の少女たち　目次

1　決断

「明るくなって来たよ！」

誰かが言った。

「なんだ、台風、もう行っちゃったのかな」

「学校、休みになるかと思ったのに……」

「甘い！　そううまく行かないわよ」

「だって、午後テストあるじゃない。延期しないかなあ……」

——昼休み、誰もが教室の窓のそばに集まって、空を見上げている。

安奈《あんな》は自分の席で文庫本を開いていた。

外が明るくなって来たことは、別に窓から表を眺めていなくても、手もとの本のページを見ていれば分る。雨はほとんど上って、風が時折ヒューッと口笛のような音をたてた。

そう。——ゆうべはずいぶん降ったようだ。

一旦《いったん》寝ついたら、めったなことでは目を覚まさない安奈でさえ、窓ガラスに打ちつける雨の音で一度起きてしまったくらいだ。

でも、朝、家を出て来るときは雨も小降りになって、「峠は越した」という印象だった。

「凄《すご》い！　雲の動きが凄く速い！」

と、少し大げさに言ったのは、安奈とは幼なじみの恵子《けいこ》。「——ね、安奈、見てごらんよ！」

「うん」

あまり関心のない風で、安奈は席についたまま窓の方へ目をやった。

本当に、黒い雲が形を変えながら、びっくりするような速さで流れて行く。

「見たことないな、あんな雲」

と、恵子は少し愉《たの》しげだ。

「でも、朝のニュースじゃ、この辺にはまだこれからだ、って言ってたよ」

と、安奈は文庫本を閉じて言った。

ニュース。——そうだ。

お母さん、今朝は何だか少しおかしかった。

いつもならＴＶの画面を見ては、しつこいくらい、

「安奈！　遅刻するわよ！」

と、せかせるのに、今日はＴＶを見ていても、どこかぼんやりしていた。

「お母さん、お弁当！」

と、安奈の方が催促しないと、危うく忘れてしまいそうだったのだ。

どうしたんだろう、お母さん？

安奈は、妙に気になっていた。

「――安奈、聞いてる？」

恵子の言葉にハッとして、

「ごめん、何の話？」

「もう……。こっそり訊《き》いてやったのに」

と、恵子は安奈の方へかがみ込んで、「もう会ったの？」

安奈は面食らって、

「会ったって……。誰に？」

「隠すことないじゃない。――もちろん、石尾《いしお》さんに、よ」

安奈は一瞬当惑したが、すぐに察した。

「章《あきら》……帰って来てるの？」

「え？　知らないの？」

恵子は本気でびっくりしていた。「昨日、見かけたよ。駅前のスーパーで」

安奈はただ、

「そう」

としか言えなかった。

恵子は、ちょっと間が悪い感じで、

「昼休み、あと十分だ！」

と、伸びをして言うと、教室から出て行った。

――この高校は、少し高台にある。

須《す》川《がわ》安奈は、この県立高校の二年生。今、十七歳である。

山間《やまあい》にあるこの町から駅三つほどの所に精密機械の工場があるので、農家よりは勤め人の方が多く、駅の周辺には大きなスーパーも二つあり、かなりにぎやかだ。

それでも、二十分も歩くと山道に入り、夜になると真暗である。

ＴＶで東京の六本木《ろっぽんぎ》やらお台場《だいば》やらを見慣れた目には、何といっても「ここは田舎！」なのだ。

今、九月の第一週。二学期が始まって三日目だった。

そう。まだ大学は夏休みなのだ。

石尾章。――この高校の二年先輩で、この春から東京のＮ大学に通っている。

夏休みに親の所へ帰って来ていてもふしぎはない。ただ、帰るのなら安奈にそう知らせて来なくては……。

「章……」

と、安奈は呟《つぶや》いた。

クラスで一番仲のいい古田《ふるた》恵子の言うことだ。間違いないだろう。

でも……。少し間を置いて、安奈は恵子の話のショックを実感していた。

「あり得ないよね」

だって――だって、ゆうべも安奈は石尾章と、ケータイでメールのやりとりをしたのだ。

「昨日スーパーで見かけた」？

それなら、ゆうべのメールは、この町の中で行き交ったことになる。

章がこの町に帰って来ている。――それでいて安奈にそのことを黙っている？

恵子が見間違えたんだ。きっとそうだ。

でも、恵子も石尾章のことはよく知っている。見間違えるなんてこと、あるだろうか？

――問いと否定をくり返している内、午後の授業のチャイムが鳴った。

みんながバラバラと席に戻る。

外では、また少し雨が降り出していた。

すると――教室に担任の室山《むろやま》先生がせかせかと入って来たので、みんなが少しどよめいた。午後の最初の授業は他の先生なのである。

教壇に上ると、大分額の禿《は》げ上った室山先生は、

「静かに！　よく聞け」

と、いつになく緊張した声で言った……。

「これでいいわね……」

誰かが聞いているわけでもないのに、つい口に出して言っていた。

空っぽの家の中で、まるで誰かが、

「それでいいんだよ」

と、返事してくれると期待しているかのように。

しかし、もちろん返事してくれる者はいなかった。

須川弥生《やよい》は自分で肯《うなず》いて、

「これでいいわ」

と呟くと、改めて居間の中を見回した。

弥生はダイニングキッチン——といっても居間につながった小さな板の間に過ぎないが——で、椅子にかけて、たった今自分が書いた手紙を見直していた。

これ、本当に私がたった今、書いたの？

本気で、弥生はそう思っていた。

〈良吉《りようきち》様

あなたが夜帰って来てこの手紙を読むころは、私はずっと遠い所を旅しています。

私が愛して、そして私を愛してくれる男性と一緒に。

言いわけはしません。私は四十四にもなって、とても馬鹿な真似をしているのかもしれません。でも、こうする以外、方法がなかったのです。

安奈に、どうか上手《うま》く話してやって下さい。

長い間、ありがとうございました。
弥生〉

本当なら、夫、須川良吉への恨みや不満も書き連ねたかった。何の不満もなければ、こんな風に他の男を好きになることも、駆け落ちすることもなかったはずだ。

でも——今さらそんなことを言っても仕方ない。ともかく「出て行く」ということだけが夫に分れば、それでいいのだ。

弥生は手紙をたたんで封筒に入れ、きちんと封をすると、宛名《あてな》を、〈須川良吉様〉と記した。

どこに置こう？

弥生は迷った。——居間のテーブルの上にでも？

一番目にはつくだろうが、帰宅するのは娘の安奈の方がずっと早い。何ごとかと思って、すぐ中の手紙を出して読んだら、弥生たちがまだ充分この町から離れていない内に、捜されてしまうかもしれない。

弥生は、寝室へ入ると、夫が使っている書きもの机の上に手紙を置いて、上に辞書をのせておいた。

——これでいいだろう。

旅行用のバッグは、午前中に詰めてある。

「台風、どうなったのかしら？」

居間のガラス戸から表を見る。

少し雨は降っていたが、空は大分明るくなっている。この分なら、大したことはなさそうだ。

弥生のケータイが鳴った。

「――はい、弥生です。――ええ、今出ようとしてるところ。――そうですか。じゃ、予定通りの列車で。――ええ、大丈夫です」

彼の声が、弥生にこの「現実」を思い知らせる。

これは夢でも幻想でもない。今、本当に起っていることなんだ！

「じゃ、駅で。――ええ、よろしく」

弥生は通話を切って、ホッと息をついた。

嵐の中の旅立ち。――駆け落ちにはふさわしいかもしれない。

「さあ……。もう行かないと」

雨に濡《ぬ》れるだろうから、薄手のレインコートをはおって、バッグを手に玄関へ出る。

そして、靴を出そうとしたときだった。

玄関のドアの向うに足音がしたと思うと、カチャリと鍵《かぎ》が回って、ドアが開いた。

とっさに、弥生は旅行バッグを靴箱のかげに押し込んだ。

「ただいま！」

安奈が入って来て、目の前に母がいるのを見ると、「お母さん。――出かけるの？」

弥生は思いがけない出来事に混乱した。

「どうしたの？　学校、どうしてこんなに早く？」

帰りはいつも四時ごろのはずだ。

「台風で、避難指示が出るらしいって、お昼で全員帰されたの」

「台風で……」

「うん。じき、役場の車が回るらしいよ」

と、安奈は上って来ると、「みんな、中学校の体育館に行くんだって！」

「まあ……」

弥生は立ちつくしていた。

「――お母さん、どこに行くの？」

レインコートの母親を見て、安奈は言った。

「ああ……。ちょっと」

どう言っていいか分らなかった。「台風って……。今、明るいじゃない、表」

「でも、本当にこっちへ来るのは今夜らしいよ。それにゆうべの大雨で、山の土地が崩れるおそれがあるんだって。私、持ってく物、詰めないと」

「そう……」

安奈は狭い階段を駆け上って行く。

弥生は急にめまいがして、傍の壁に寄りかかった。

こんなことって！ ひど過ぎるわ！ 何てことだろう！

よりによって、こんなときに……。

二階から、安奈が戸棚をかき回している音が聞こえてくる。

でも――そうだ。うちが避難しなければならないということは……。

弥生は台所へ入ると、ケータイを取り出して、彼にかけた。

「早く出て……。お願い……」

ジリジリして呼び続けていると、やっと相手が出た。

「もしもし！――もしもし、聞こえる？――あのね、今、娘が帰って来てしまったの。――ええ、じき避難指示が出るらしいわ。――本当よ。学校からみんな帰されたって。あなたも、お宅に帰らないと。――中学校の体育館とか、娘は言ってたけど。――ええ、仕方ないわ。今日はとても……。もしもし？ あ、今外で……」

弥生は表の方に耳を澄ました。

町の車が回っている。スピーカーから、

「身の回りの物だけを持って、避難して下さい……」

という声が辺りに響いている。

「今、外でアナウンスが。――早くお宅に戻って。――ええ、よく分ってます。この騒ぎが済んだら、改めて。――ええ、決心は変らない」

と、弥生は言った。「愛してます……」

2 秘密

安奈は、母が通話を切った気配を察して、急いで階段を駆け上った。

自分の部屋へ飛び込んでドアを閉めると、思わず胸に手を当てていた。

「お母さん……」

バッグに自分の物を詰めていて、毛布などは向うで用意してくれているのか、よく分らないので、母に訊《き》こうと下りて行った。

そして、母が台所で誰かに電話しているのを聞いてしまったのである。

お母さん……。「愛してます」って言ってた！

聞き違いじゃない。確かにそう言っていた。

少なくとも、あんなことをお父さんに向っては言わない。では誰に言っているのだろう？

「お母さんに……恋人？」

まさか！

いや、安奈だって、母が「女」でもあることぐらい分っている。しかし、頭で分っていることと、納得することとは別だ。

「――安奈」

弥生の声がした。

「はい!」

と、あわてて答える。

ドアが開いて、

「もう詰めた?」

と、弥生は言った。

「もう少し……」

「お母さんはこれからだから、あわてて忘れ物しないでね」

いつものお母さんだ。でも、たった今、誰かに向って、

「愛してます」

と言っていた……。

「お母さん」

「なあに?」

「――お父さんはどうするのかな」

と、安奈は言った。

「あ、そうね。連絡してみましょ」

「私、かけるよ」

安奈は自分のケータイをつかんで、父のケータイにかけた。

しかし、仕事中なので電源を切っているらしい。

「つながらない」

「じゃ、会社の電話へかけてみるわ」

弥生は自分のケータイを手にしていた。

「もしもし。――恐れ入りますが、須川はおりますでしょうか。家内ですが」

少しして、向うが出た。「あなた？」

「今、会議中だ」

と、怒ったような声が返って来た。

「あのね、避難指示が出たの」

「何だって？」

弥生が、安奈も帰って来ていることなどを説明すると、

「――そうか」

と、須川良吉は言った。「しかし、今は出られないんだ。大事な会議だからな」

「でも……。それじゃ、どうするの？　私と安奈で、先に避難していい？」

「ああ、構わん。俺は帰れるようになったら帰るから」

「中学校の体育館へ、って言われてるわ」

「分った」

「あなたの物は――」

と、弥生が言いかけると、電話は切れてしまった。

受話器を置いて、席を離れようとした須川良吉は、

「奥様から？」

という声に、足を止めた。

「ああ」

須川は振り返って、「大した用じゃないんだ」

と言った。

「避難のことでしょ。須川さん、すぐ帰ってあげて下さいよ」

――須川の課で、細かい事務を一人で担当している河井《かわい》麻美《あさみ》は、じっと須川を見つめながら言った。

「そうはいかないよ。今、肝心の点を議論してる。僕が外れたら話にならない」

「でも、台風なのよ。ご家族が避難するっていうのに……。さっき、部長からお話があったじゃありませんか。あの町から通ってる者は帰れって」

「帰れる者は、ってことさ。僕は帰れない」

須川は廊下へ出て、会議室の方へと歩き出した。

足音が追って来て、

「待って！」

と、息を弾ませ、河井麻美が須川の前を遮った。「須川さん――」

「これは仕事だ」

と、須川は言った。「君のこととは関係ない」

――〈K精機〉の設計課長というポストにある須川は、今新製品についてのコストカットを巡り、大事な会議の最中である。

「仕事が大事なのは分ります」

と、麻美は肯《うなず》いた。「でも、会議は明日にしたっていいじゃありませんか。台風で、被害が出るかもしれないのに。お宅の方が危いかもしれないのに……」

「河井君、心配してくれるのはありがたいが、家内と娘は勝手に避難してるさ。僕がいたって、何か役に立つわけじゃない」

「それは違いますよ。心細いはずだわ、お二人とも。こんなときにいなかったら、何のためのご主人、お父さんなの？」

「麻美……」

須川はチラッと周囲を見てから、素早く麻美にキスした。

「お願い……」

麻美は目を伏せて、「奥様たちを大事にしてあげて」

「してるとも。ちゃんと仕事してるじゃないか」

「須川さん……」

麻美はため息をついて、「私が辛《つら》いの。あなたを毎日遅くまで引き止めているようで」

「それは……仕事が終らないからだ」

「口実だわ。家へ帰らない口実を捜してる」

と、麻美は言った。

「それはまあ……。そうかもしれないが」

「帰らなきゃだめよ！」

と、麻美が言ったところへ、

「おい、どうした？」

と、声がして、部長の関口《せきぐち》がやって来た。

「部長。——何でもないんです」

と、須川は言った。「会議に戻るところです」

すると麻美が、

「今、奥様からお電話で、台風のために避難されるって。すぐお帰りになって下さい、って課長にお願いしてたんです」

と、口を挟んだ。

「そうか、須川君はあの町だったな」

と、関口は肯いて、「じゃ、すぐ帰ってやれ。早退にはしないから」

「いえ、部長。今大事な議論をしているところなんです」

「おい、須川君。何も今日君が帰ったからって、会社は潰《つぶ》れやしないよ」

と、関口は笑った。

「そういう問題じゃないんです。せっかく議論が盛り上っているのに――」

「分った分った」

と、関口は須川の肩を叩《たた》いて、「じゃ、会議をできるだけ早く終らせて帰宅しろ。いいな」

「はい」

――関口が行ってしまうと、

「頑固な人ね！」

と、麻美は腕組みをして眉《まゆ》をひそめた。「私の好きな須川さんは、まず家族第一って考える人よ」

「それは無理だよ」

「分ってる。でも、少なくとも、そうあろうと努力してちょうだい」

麻美は須川の手を握ると、笑って課の方へと戻って行った。

安奈は迷ったが、しかし何もしないではいられなかった。

メールを送信するボタンを押すのに、しばらくためらったが、押さずに済ますことはできなかった。

メールは届いたはずだ。——石尾章のケータイへ。

一分としない内に、安奈のケータイにかかって来た。

「もしもし」

「やあ」

と、章の声がした。

「うん……」

どう言っていいのか分らない。——何とか言ってよ！　メール、読んだんでしょ？

「昨日、帰って来たんだ」

「そう」

「ごめん、連絡しなくて」

「別に……。ただ、恵子が見かけたって教えてくれたから。一昨日《おととい》って言ってたけど」

「ああ……。そうか、一昨日だったな」

嘘だ。——安奈はわざと嘘をついてみたのだが、章はつられて、本当はもっと前に帰っていたに違いないということを白状したのだ。

「何だか色々用事があってさ」

と、章は言った。「避難の準備、できたか？」

「私はね。今、お母さんが……。章も行くの？」

「だって仕方ないだろ。放って俺だけ東京に戻るわけにもいかないしな」

と、章は言った。「体育館で会えるな」

「そうだね」

と、安奈は言った。「もうちょっと、別の所で会いたかった」

「まあ……台風だもの。仕方ないさ」

「章――」

「あ、母さんが呼んでる。後でな」

切れてしまった。

安奈は、石尾章が東京の大学に行ってから、微妙に変っていることに気付いていた。

しかし、ともかく体育館で会える。――安奈は、そのことだけを、考えるようにしようと思った。

「安奈、もう出られる？」

と、母の声がして、

「私はもうとっくよ！」

と、安奈は元気な声で言った……。

「大変ね、避難なんて」

と、石尾涼子《りょうこ》はグチった。「どうせ、大したことないのよ」

「しょうがないだろ」

と、章は言った。「何もなきゃ、それに越したことはないんだ」

「枕を持たなきゃ。お母さん、自分の枕がないと寝つけないの」

「俺のバッグ、まだ空いてるよ。枕、入れようか」

「そうしてくれる？」

――避難といっても、何となく実感がない。ハイキングの準備でもしているみたいだ。

章のポケットでケータイが鳴った。安奈かな？

違っていた。章はチラッと母を見てから、玄関の方へ出ると、

「――もしもし、雅美《まさみ》？」

「良かった、出てくれて！」

と、少し不機嫌そうな声が聞こえて来た。

「どうしたんだ？」

と、章は言った。「故郷に帰ってる、ってメールしたぜ」

「分ってるわよ！　でも、こんなに風が強くて……。ね、迎えに来てよ」

章は面食らって、

「何言ってんだ？　どこからかけてる？」

「駅よ、この山の中のね」

章は啞《あ》然《ぜん》として、

「雅美……。この町に来たのか？　どうして黙って――」

「だって、ここには章の幼なじみの女の子がいるんでしょ？　私、放《ほ》っとけなかったの！」

「馬鹿言うなよ！　な、列車で東京へそのまま帰ってくれ」

「あら、冷たいのね。追い返すの？」

「そうじゃないよ。台風なんだ」

「台風がどうしたの？」

「避難指示が出てるんだ。家にはいられないんだよ」

「へえ、そんなに凄《すご》い台風なの？」

「ここは山の中だから、土砂崩れの危険とかがあるんだよ」

「そう。でも無理よ」

「どうして？」

「今アナウンスしてたもの。もう列車は今日一杯動かないって」

　と、琴平《ことひら》雅美は言った。

「そんな……。じゃ、今行くよ」

「待ってるわよ。駅の待合室で座ってるから」

　通話を切ると、章は、

「参ったな！」

　と呟《つぶや》いた。

「——章、どうしたの？」

と、母がやって来る。

「ちょっと駅まで行って来る」

「駅に？　どうして？」

「大学の友だちが来てるんだ。すぐ戻るよ！」

章は傘をつかむと、急いで玄関を出た。

雨と風が、章の顔に叩きつけられて来た。

——ひどくなったな。

章は傘を諦《あきら》めて、風雨の中を駆け出して行った……。

3　不意の客

たとえ初めての場所でも、まるでそこが自分の部屋の中ででもあるかのように振舞える人間がいる。

それは生れつきの才能のようなものだろう。

琴平雅美は正にそういう女の子だった。

そのことは、石尾章もよく知っていたが、この田舎の駅の、古ぼけて雨もりのする駅舎の中でさえ、雅美がいつもと少しも変らない様子で座っているのを見て、改めて驚きに打たれた……。

　雅美は章の姿を見て、笑顔で手を振った。

　章は思わず苦笑した。渋谷《しぶや》や六本木で待ち合せているときと、全く同じだ。もっとも、東京では章の方が専ら「待たされる」役回りだったが。

「無茶だなあ」

　と、章は言った。「この雨と風だぜ」

「あら、その雨と風の中を会いに来たことに、少しは感激してくれないの？」

　笑うしかない。――章は雅美のバッグを持って、

「しょうがない。ともかく一旦《いったん》うちに行こう」

「避難するんじゃなかったの？」

「このまま行けないよ。僕の荷物もあるし、お袋もいるし」

「それもそうね」

　雅美は駅の外を覗《のぞ》いて、「この中、歩くの？　びしょ濡《ぬ》れね」

「傘なんかさしてもむださ。どうせ濡れる」

「車ないの？　タクシーは？」

「こんな駅にタクシーなんて来ないよ」

「でも、車はいるわ」

「車？　どこに？」

「こっちに走って来る」

雅美が指さした方を見ると、ライトバンがガタゴトいいながらやって来た。

「酒屋の車だ」

「頼んでよ。乗せてって、って」

「でも——」

「大丈夫よ。私が頼めば」

運転しているのは、章の友だちだった。

章は仕方なく雨の中へ飛び出して行って、手を振って車を停めた。

「章じゃねえか。帰ってたのか」

と、窓から顔を出す。

「悪いけど、うちまで乗せてってくれないか」

「俺も急いで戻らないと……」

「頼む。ちょっと——大学の友だちが来てるんだ」

駅の改札口の所で、雅美がニッコリ笑って手を振った。

効果は絶大だった……。

「じゃ、後で迎えに来るよ」

「悪いな、ありがとう!」

章は家の玄関へ入った。「入れよ」

「――章！　どこに行ってたの？」

母親の涼子が出て来て、雅美を見ると、「どちら様？」

「琴平雅美です。大学で章さんと友だちなんです」

屈託なく言うと、雅美はさっさと上り込んだ。

「章……」

「酒屋の拓郎《たくろう》の奴が、ライトバンで体育館まで乗せてってくれるんだ。濡れて行かなくて済むよ」

駅からここへ来るまでの間に、雅美は避難先への足まで確保してしまったのである。

「でも、あの女の子……」

「勝手に来ちゃったんだ。仕方ないだろ」

雅美は居間の棚の写真を眺めて、

「これ、章？　可愛い！」

などと面白がっている。

「お茶でも出したいけど……」

「いいわよ、気にしないで。避難するんでしょ？　荷物まとめて。私はそのバッグ、そのまま持ってくだけ」

「うん……」

「章、お母さん似ね」

「そうかな……」

――スラリと長い脚、垢抜《あかぬ》けた愛らしさ。琴平雅美は大学でも目立つ存在だった。

どうして章のことに関心を持ったのか、章自身にもさっぱり分らないのである。

「体育館で寝るんだぜ。大丈夫かい？」

「平気よ。山にでも登ってると思えば」

と、雅美は肩をすくめて、「珍しい経験じゃない！」

「楽しいもんじゃないけどね」

章は苦笑した。

「彼女も来るの？」

「彼女って……安奈のことか。そりゃそうだよ。全員避難するんだから」

「そう。会うのが楽しみだわ」

雅美は少しも皮肉めいた口調ではなかった。本当に楽しみにしているのだ。

「だけど……雅美のことは、まだあいつに話してないんだ」

「いいわよ。会えば分るわ」

雅美は、絶対に「この町の女子高校生」に勝てる、という自信があるのだ。やきもちをやくのは私じゃないわ、と思っている。

涼子が、何だか珍しい生きものでも見るように雅美を見て、

「ご一緒なの？」

と訊《き》いた。

「ええ」

雅美はニッコリ笑って、「私、章君とは、もう特別な仲なんです。いつも一緒でないと我慢できない」

「おい！」

と、章が目《め》配《くば》せしてももう遅い。

「まあ……。そうなの」

と、涼子は夢でも見ているかという様子で、「じゃ、ともかくうちの家族ってことにしましょうね」

「結構です。それで」

と、雅美は愛想良く言った……。


「安奈！」

と、呼ぶ声がして、安奈は足を止めた。

「恵子！」

古田恵子が雨の中、大きなスーツケースをガラガラ引いて歩いて来る。

「良かった。会えるような気がしてた」

「いやでも、体育館で会うじゃない」

と、安奈は笑って言った。「ご両親は？」

「少し後から来る。私に、先に行って、いい場所取っとけって」

「映画館じゃないんだからね」

「あ、こんにちは」

恵子は、安奈の母、弥生を見て言った。「こんな台風、久しぶりですね」

「本当ね。何でもないといいけど」

と、須川弥生は言った。

中学校までは歩いて十五分ほどだが、台風の雨と風の中、ビニールコートで歩くのは楽じゃなかった。

「安奈、あんたも先に行きなさい。お母さん、ゆっくりついて行くから」

「うん！　じゃ、恵子、行こうよ」

叩《たた》きつけるような雨の中でも、友だちと一緒なら元気が出るのが若さというものである。

「――本当に山が崩れると思う？」

と、歩きながら恵子が言った。

「分んないよ、そんなこと」

「でも――もし山が崩れて、家も道も全部呑《の》み込まれたら……。凄《すご》いだろうね」

「恵子、楽しみにしないでよ」

「そうじゃないけどさ、もしも、ってことよ」

「あ、中学校が見えて来た」

二人が少し足を速める。雨はやや小降りになっていた。

するると車のクラクションが聞こえて、二人は急いで道の端へ寄った。

「酒屋さんの車だ」

と、安奈は言った。「いいなあ、荷物も積めるし」

恵子は、ちょっと妙な表情でライトバンを見送っていた。

「——どうしたの？」

「安奈、今の車の中、見た？」

「見えなかったよ。どうして？」

「うん……。チラッとだけど、石尾さんが乗ってたみたい」

「へえ……」

安奈は肩をすくめて、「さ、行こう」

「うん」

「——章の所はお母さんと二人だものね。車に乗せてもらったんでしょ」

「そうだね」

「それに、章のお母さんのお店、お酒も沢山買うだろうしね」

思い付きの言葉だった。

章の母、石尾涼子は隣の駅前で、小さな居酒屋兼小料理屋のような店をやっている。

――やっと中学校の校門を入る。

役場の人が、ゴムのカッパを着て、

「体育館はあっちです！　間違えないで下さい！」

と叫んでいる。

安奈たちはもちろんよく知っている。この中学に通っていたのだから。

「受付で名前を言って下さい！」

体育館の入口が開け放してあって、その前に小さなテーブルが出ている。

「あの車だ」

さっき二人を追い抜いて行ったライトバンが、体育館の入口に寄せて停まった。

車だと校庭の方を回らなくてはならないので、同時に着いたのだ。

ライトバンのスライドドアが開いて、章が降りて来た。そして、章の母親。

酒屋の人が後ろの扉を開け、荷物を下ろしている。

「荷物は持ってくから、先に入ってて」

と、章が母親に言った。

そして、章は安奈に気付いた。

安奈は笑顔を作って、手を上げたが――。

もう一人、降りて来たのは、スラリと長い脚の女の子だった。章の肩につかまって降り立つと、珍しそうに周囲を見回した。

安奈は足を止めた。

そこには「都会」が立っていた。着ている物やスタイルの良さだけではない。その女の子が身にまとっている「雰囲気」だった。

この町では決して見ることのないものだ……。

「――誰、あれ？」

と、恵子が言った。

「知らない」

安奈は気を取り直して、「受付に行こう」

と歩き出した。

「安奈」

と、章が言った。「一人なのか？」

「お母さん、後から来る。お父さんは仕事が忙しいって……」

「そうか」

その女の子が、

「あら」

と、安奈を見て、「もしかして、この子？」

と言った。

章は、さりげない風を装って、

「須川安奈。これは同じ大学の……」

「琴平雅美っていうの。よろしく」

雅美が差し出した手を、安奈は反射的に握っていた。

「安奈ちゃんっていうの。——章から色々聞いてるわ」

「はあ……」

「たまたま来たら、台風で避難だって。びっくりしたわ」

と、雅美は笑って、「さ、章、中に入ろうよ」

雅美がごく当り前に章の腕を取って、体育館へと歩いて行く。安奈はただ黙って、じっと二人の後ろ姿を見送っていた……。

4 空間

体育館には、すでにかなりの数の人がやって来ていた。

入口で、役場の人が段ボールから毛布を出して配っている。

「これを下に敷いてね。——食べる物は後で配るから」

受け取った毛布を手に、

「どの辺にする？」

と、恵子が言った。

「どこでも……。だって、あんまりいい所、残ってないよ」

体育館の中を見渡しながら、安奈の目はつい、あの「別世界から来た」女の子へと向いてしまう。

床にズラッと並んだ毛布の列の間を、ごく当り前に歩きながら、雅美はすべての人の視線を集めていた。

見知らぬ女の子がいる、というもの珍しさだけではない。やはり、雅美は人々の目をひきつけていたのだ。

「そこがいいわ」

と、雅美が指さす。「ちょっと詰めてもらえば入れるわよ。――すみません」

普通なら遠慮するような隙間だが、言われた方も雅美が誰なのか分らないせいもあってか、素直に左右へ詰めた。

「どうもありがとう！」

と、ニッコリ笑って左右へ礼を言う雅美に、

「いいえ……」

と、みんなつい返事をしている。

「――何なの、あれ」

と、恵子が顔をしかめる。

「都会の人はああなのよ」

と、安奈は言った。「さ、どこか捜そうよ、居場所を」

安奈と恵子は、かなり奥の方で、少し薄暗いが、ともかく家族で並んで寝られる場所を確保した。

「――お母さん、呼んで来る」

と、安奈は言った。「入口からじゃ、気付かないかもしれない」

「うちの両親も、もしいたら言ってやって」

「分った」

安奈は、体育館の入口の方へと歩いて行った。

ちょうど母、弥生が入って来るのが見えた。

だが――安奈に気付かず、キョロキョロと左右を見回している。

「お母さんたら……」

と呼びかけようとして、ハッと気付いた。

母が捜しているのは、娘ではないのだ。

「愛してます」

と言った相手。

その相手も当然ここへ来ているはずだ。

母はその男を捜している……。

「お母さん」

ほとんど目の前に来て、弥生は初めて安奈に気付いた。

「あら、どこにいるの？」

「奥の方しか空いてなかった」

「そう。仕方ないわね」

そう言いながら、弥生はまだ左右へ忙しく目をやっていた。

お母さんの「恋人」は誰なんだろう？　安奈もそれが知りたかった。

「やあ、安奈ちゃん」

と、声がして、恵子の両親がやって来た。

「うちの子、どこにいるの？」

「奥です。隣に並んで」

と、安奈は言った。「お母さん、行こう」

「ええ……」

弥生は捜すのを諦《あきら》めた様子だった。それとも、相手はまだ来ていないのかもしれない。

「——お父さん、遅いよ」

と、恵子が自分の毛布の上で手を振る。

「ここか。——まあいいだろう。それより、母さんが大分濡《ぬ》れちまった」

「大丈夫よ。私」

「風邪引くじゃないか。ともかく濡れた物を着替えないと」

古田恵子の両親はやさしくて穏やかである。

安奈同様、恵子は一人っ子。父親の古田晃一《こういち》は、以前は雑貨屋だったが、今は駅前でコンビニをやっている。もちろん、こんな町では「二十四時間営業」というわけにはいかない。

母の梨江《りえ》は少し体が弱い。晃一が風邪を引くと心配しているのも、一旦《いったん》寝込むと長いからだ。

「ここ体育館ですから」

と、安奈は言った。「更衣室もシャワールームもありますよ」

「そうだよ！　私、連れてってあげる」

と、恵子が母親の手を引く。

「待って。——それじゃ、着替えを持ってかないと」

梨江は少し恥ずかしそうに、娘に手を引かれて行った。

「さて……。須川さん、ご主人は？」

と、古田晃一が訊《き》く。

「はあ……。何だか仕事で、まだ帰れないと……」

「そうですか。大変ですね」

「仕事第一の人ですから」

「しかし――確か、電車はもう動いてないそうですよ」

と、古田晃一は言った。


「悪いね」

と、須川良吉は言った。

「仕方ないでしょ。早く帰った方がいいって言ったのに、聞かなかったのはあなたよ」

車のハンドルを握っているのは河井麻美である。

「だから悪いって言ってる」

麻美はちょっと笑って、

「あなたが言うと、ちっとも悪いって思ってないみたい」

「そんなことないさ」

と、須川は言った。「本当なら僕が運転するところだ」

「この会社の車は、私が一番慣れてるの」

時折強い雨がフロントガラスに叩《たた》きつけるように当る。

山道で、曲りくねっているので、余計にスピードが出せないのだ。

「まさか電車が止るとはな」

と、助手席で須川は言った。「今度は本当に凄《すご》い台風なのかな」

「用心に越したことはないわ」

「しかし、君……。向うに着いたら、またこの道を戻らなきゃならない。大丈夫か？」

「平気よ。私、この山道はよく知ってるもの」

と、麻美は言った。

「しかし、この嵐だ。——無理しないで、向うに泊ったら」

「避難場所で？」

「それは仕方ないだろう」

「そうなったらそうなったで——」

車が大きなカーブを曲った。

急ブレーキで、二人は危うくフロントガラスに頭をぶつけるところだった。

「——まあ」

と、麻美が言うまで、しばらくかかった。

道が土砂でふさがれていた。

土砂といっても、かなり大きな岩石がいくつも混っている。とても取り除けない。

「どうする」

と、須川は言った。

「どうするって……」

「いや、とても無理だな」

「戻る？」

Uターンするには道が狭いが、何とかできたとしても……。

「今来た道が、もうふさがれているかもしれない」

「そうね……。どっちかといえば、この辺の方が安全だと思ってたけど」

そのとき、車の屋根に小石でも当るような音がした。

「おい！　危い！　車を出よう」

と、須川は言った。

シートベルトを外すのももどかしく、二人は外へ飛び出した。

たちまち雨が体を打つ。

「崩れて来る！」

二人は来た道を駆け戻った。

次の瞬間、轟音《ごうおん》と共に泥の流れが一気に車を呑《の》み込み、押し流した。

少し走って、二人は足を止めた。

「——大丈夫か？」

須川自身、膝《ひざ》が震えている。

「怖かった……」

麻美は須川の腕にすがりつくように身を寄せた。

「——どうしましょう」

「このまま雨に打たれてたら死んでしまうかもしれない。ともかく歩くんだ」

「でも……どっちへ？」

「そうか」

　来た道を戻っても、先がどうなっているか分らない。

「距離的には、あなたの町にずっと近いわ」

「うん。土砂の上を越えて行けるかな」

「越えられたら、そのまま歩いて行きましょう。危険はどちらへ行っても同じだわ」

「ああ。——すまない」

　と、須川が言った。「君までこんな危い目にあわせて。やっぱり早く帰るべきだった」

「今さら、そんなこと言わないで」

　と、麻美は須川の手を握りしめた。「あなたと一緒なら平気よ」

「よし、行こう」

　——幸い、崩れた土砂の中の大きな石を辿《たど》ると、乗り越えて向う側へ出られた。

「歩くとどれくらいかな」

「一時間？　二時間？　ともかく行きましょう」

「うん」

　さらに唸《うな》りを上げて強まる風と雨の中、二人は歩き始めた……。

5　町の人々

体育館の中は、次第に人で一杯になって来ていた。

スペースに余裕のある内は良かったが、後からやって来る人たちは、なかなか場所を確保できなくなり、

「おい！　もっと詰めろ！」

と、苛々《いらいら》した声が飛び交うようになって来た。

「これ以上、どうやって詰めるって言うんだ！」

たまりかねた一人が立ち上って、「ここへ来るのが遅いからいけないんじゃないか！」

と怒鳴った。

「何だと！」

今にも殴り合いになりそうな雰囲気。

役場の人は、他のことで手一杯。——見ていた安奈は、誰か止めに入らないと、本当に大喧嘩《おおげんか》になると思った。

「やめましょうよ」

と、石尾章が立って、割って入ったが、

「子供は引っ込んでろ！」

と、押し戻されてしまった。

章……。

安奈もたまりかねて立とうとした。

すると――あの「都会の娘」琴平雅美がスッと立ち上ると、スタスタと、にらみ合う二人の大人の方へ歩み寄って、

「ごめんなさいね」

と、にこやかに微笑みながら言った。「こんなよそ者が入っちゃって、ますます混んじゃってるんです」

見たこともない女の子が現われて、後からやって来た男の方はキョトンとしている。

「でも、さすがに山の中の町だなあ！」

と、雅美は楽しげに、「東京だったら、この程度で混んでるなんて言わないもの。こんなもんじゃないですよ、ロックコンサートの会場なんて」

そして、雅美は呆然《ぼうぜん》としている男の方に、

「苛々しないで、楽しみましょうよ。ね？」

と言うと、いきなり男の頰っぺたへチュッとキスしたのである。

呆気《あっけ》に取られていた男は、ポーッと真赤になった。

やがて、周囲の人々の間に笑い声が上って、次いで拍手が起った。

「さあ、みんな、一斉にあと五センチ、幅を詰めましょ！　もっともっと入れますよ！」

と、雅美が声をかけると、みんな面白がって、ガヤガヤと動き始めたのである……。

――安奈は、ただ唖然《あぜん》としてその成り行きを眺めていた。

「安奈、あの女の子、誰なの？」

と、母の弥生が訊《き》いた。

今ごろ何言ってるの？――安奈は母にそう言ってやりたくなった。

母がずっと「心ここにあらず」の様子だったことに、安奈は気付いていた。

「愛する彼」のことが、気になっていたのだろう。

「――知らないよ」

と、安奈は言った。「東京の大学生だって」

「大学生って……。章君と……」

「彼女なんじゃない？　訊いてないけど」

安奈は毛布の上にゴロリと横になった。

「そう……」

弥生は、その女の子が石尾母子と一緒にいて、笑ったりしているのを眺めて、「でも、安奈……」

と言いかけて、やめた。

安奈からは、「話しかけないで！」という気持がにじんでいた。特に、章とあの女の子のことは聞きたくないのだろう。

弥生は、安奈が石尾章と付合っていたことを知っている。二人はずいぶん親しく、弥生は少し心配したくらいだ。

でも、章は東京の大学へ行き、安奈も特にそれで気落ちする風でもなかったので、弥生は安堵《あんど》していた。

しかし——その章が、大学の女子学生と一緒で。しかも、こんな台風で避難しているときに……。

弥生は、安奈がじっと耐えている姿に、自分も胸を痛めていた。

「——お母さん」

と、安奈がふと気付いた様子で、「ケータイ、鳴ってない？」

「え？」

「ほら、お母さんの」

「あ……。そう？」

弥生は、やっとその音に気付いた。

何かしら？——え？　ケータイ、どこだっけ？

「お母さん、早く出たら」

「だって……。どこで鳴ってる？」

「そのバッグに入れてるじゃない、いつも」

「あ、そう……。そうだったわね」

弥生は、自分でも自分がどうしてしまったのか、よく分らなかった。

私、どうしてこんなにぼんやりしてるの？

やっとケータイを取り出したときは、もう鳴り止んでいた。

「誰から？」

と、安奈が訊く。

「――お父さんからだわ」

「お父さん？　じゃ、私、かけてみようか」

安奈が自分のケータイを取り出す。しかし、かける前にケータイは鳴り出したのである。

「お父さんだ。――もしもし？――お父さん？――え？」

安奈の顔色が変った。「それで、今、どの辺なの？」

ただごとでない安奈の様子に、弥生も座り直した。

「――分った。何とか、今――。もしもし！」

安奈はケータイを見おろして、「切れちゃった……」

「お父さん……。何だって？」

と、弥生は訊いた。

「山道を車で来る途中、崖崩《がけくず》れで道がふさがれてたって。今、歩いてこっちへ向ってる」

「まあ……。じゃ、無事なのね」

「でも、この嵐の中、歩いて、だよ！」

と、安奈は怒ったように言った。「会社の女の人と二人だって。助けに行かないと」

「でも……」

「私、役場の人に話してくる！」

と、安奈は駆け出した。

「あなた……」

弥生は呆然として立ち尽くしていた……。


「さあ……。それはなあ……」

と、役場の人は、安奈の話に困惑した様子で、「やっぱり警察か消防の仕事だろうね」

「頼んで下さい！　お父さんたち、この雨と風の中を歩いてるんですよ」

「分るけど……。今、手一杯なんだよ」

面倒だ、という気持がはっきり口調に出ている。安奈は怒りを抑えて、

「じゃ、どこへ行って頼めばいいんですか？　それぐらい分るでしょ！」

「君ね、こっちだって忙しいんだ。大勢の人を相手にしてるんだよ」

と、ムッとしたように、「そんな、勝手に山道を歩いてる人のことに構ってられないんだよ」

「勝手に、って何ですか！」

安奈が食ってかかると、ぐいと腕をつかまれた。

「――章」

「どうしたんだ？」

「お父さんが……」

声が上ずっていた。悔し涙が出て来る。

事情を聞いて、

「あの山の道を？　危いな。――よし、誰かに頼もう」

「ありがとう、章」

と、安奈は章の手を握った。

「車で行けば？」

と、声がした。

振り向くと、琴平雅美が立っている。

「聞いてたのか」

「さっき乗せてもらった車で、迎えに行くのよ。もう町に近いんでしょ」

「だけど――」

「あの人にもう一度頼もう」

と、雅美は言うと、毛布に寝そべっていた、あの酒屋の拓郎の方へさっさと歩いて行った。

「章――」

「待て。雅美が頼んだ方が、きっと早い」

章の言う通りだった。

拓郎の運転するライトバンに、章と安奈も同乗した。雅美は、

「私、ここで待ってる」

と、手を振って見送った。

「——ありがとう」

と、安奈は言った。「お父さん、仕事が長引いて、帰るのが遅れたって……」

「町の近くなら、道が崩れることはないだろう」

と、拓郎は運転しながら言った。「だけど、この嵐だものな。ちゃんと歩くだけでも大変だ」

雨も風も、本格的になりつつあった。

ワイパーが引っきりなしに首を振っても、ほとんど前は見えない。

「そこから入るんだな」

山間《やまあい》の道へとカーブを切る。

道は大丈夫だが、山に挟まれているせいか、風は一段と強い。ライトバンはあおられるように揺れた。

「お父さん……」

安奈は章の手を握りしめていた。

山道のカーブを慎重に曲りながら、十分ほど走り、角を一つ曲ったとたん、目の前に人影が現われた。

「ワッ！」

拓郎が急ブレーキを踏む。

「お父さんだ！」

安奈は腰を浮かした。

「ここにいろ」

と、章が立って、スライドドアを開け、風雨の中へ飛び出して行った。

ずぶ濡《ぬ》れになった須川が、女性を抱きかかえるようにして、ライトバンの中へ入って来る。

「お父さん！　大丈夫？」

「ああ……。ありがとう」

須川も疲れ切った様子で、「あと五、六分もしたら、動けなくなってた」

「安奈、後ろの座席の下に毛布がある」

と章が声をかける。

「うん！」

毛布で、その女性をくるむ。

「河井君、しっかりしろ！　もう大丈夫だ」

と、須川は半ば意識を失いかけている女性に、大声で話しかけた。

「ともかく、避難所へ戻ろう」

助手席に座った章が言った。

安奈はひとまず安堵《あんど》した。

ただ――毛布にくるまった河井という女性と父が、しっかり手を取り合っている様子に、どこか普通でないものを感じ、気になってはいたが……。

ライトバンを、苦労して何とかUターンさせ、町へと走り出す。

安奈は、車に乗っているのが、こんなに快適だと思ったことはなかった……。

6　黄昏

体育館に着くと、章がケータイで連絡しておいたので、病院の医師と看護師が待機していた。

「学校の医務室を臨時の診療所にしているから、運びましょう」

と、医師が言った。

「私が運びます」

と、須川が言った。

「お父さん——」

「後で体育館へ行く」

「分った……」

　河井という女性を両腕で抱えて行く父を見送って、安奈は、

「拓郎さん、ありがとう」

「いや、別に……。でも良かった。これ以上の風だったら、あのバンじゃとても無理だったよ」

「助かったよ」

　章が拓郎の手を固く握った。

　——体育館の入口の所で、弥生が待っていた。

「安奈、お父さんはどうだったの？」

「うん、見付けたよ。今、会社の女の人を医務室に運んでった」

「無事なのね！　良かった」

　と、息をつく。

「でも、ずぶ濡れだよ。二人とも」

「体が冷えるわね。——着替えを持って行くわ」

　弥生が急いで体育館の中へと戻って行く。

　安奈は、あの琴平雅美がそばの小さな子供を相手に遊んでいるのを見た。

章が、配られている弁当の列に並んで、

「お前の所の分も持ってくよ」

と、安奈へ言った。

「うん」

安奈は体育館の中を歩いて行ったが、途中、雅美の所で足を止め、

「ありがとうございました」

と、頭を下げた。「おかげで無事に……」

「見付かった？ 良かったわね」

と、雅美は微笑んで、「こんなに心配してくれて、お父さんも幸せね」

「ええ……」

安奈は曖昧《あいまい》に肯《うなず》いた。——雅美のその言葉に、どこか違う意味を感じていたのである。

「あの……医務室って、どこでしょうか」

と、弥生はとりあえず近くにいた人に訊《き》いた。

「さあ……。よく分らないです」

という答えが二人続いて、やっと三人目に、

「この奥ですよ」

と教えてもらった。

弥生は、着替えの包みを両手で抱えて、廊下を急いだ。

〈診療所〉という手書きの矢印があり、ホッとした。

あの開いてる扉が、きっとそうなのだろう。急ぎ足でその扉の方へ向うと……。

「もう大丈夫ですから……」

「何言ってるんだ！　あれだけ濡れて、弱ってたんだぞ」

夫の声だ。「先生にも言われただろ。ちゃんとここで寝てろって」

「でも、私はこの町の住人じゃないし……」

弥生の聞いたことのない女の声だ。

いや、それよりも、

「さあ、ちゃんと毛布をかぶって」

と、半ば叱るように言っている夫の声が、ショックだった。

その声には、相手を心配する気持がにじみ出ていたのである。――弥生が、もうこの十年近くも聞いたことのない、夫の声だった。

弥生は、わざと咳《せき》をして、

「あなた？」

と、中を覗《のぞ》いた。

「お前か」

と、須川は言った。

「大変だったわね。安奈から聞いた」

「うん……。こちら、会社の河井麻美君だ」

「須川の家内でございます」

と、弥生は挨拶《あいさつ》して、「あなたもこの方も、ずぶ濡れだって、安奈から聞いて」

「ああ、あの雨と風の中を歩いて来たからな」

「これ」

と、弥生は包みを渡し、「着替えよ。早く替えないと風邪引くわ」

「しかし……」

「その衝立《ついたて》のかげで替えればいいじゃないの。パンツまで一揃いあるわ」

「分った。そうしよう」

「それと――河井さんでしたか。あいにく、私のものしかないんですけど」

「まあ、奥様――」

「濡れたままでは体に悪いわ。こんなおばさんので良ければ着替えて下さい」

「ありがとうございます」

河井麻美は毛布を顎《あご》まで引っ張り上げて、「じゃ、お言葉に甘えて……」

「私、体育館に戻ってるわ」

「後で行くよ」

と、須川は言った。

弥生は河井麻美に会釈して、医務室を出た。

——思いもかけないことだった。

夫に「恋人」がいたとは。

弥生自身のことはともかく、あの夫に……。

むろん、夫を責めるわけにいかないことは良く分っている。そんな資格はない。

それでも、夫があの女を抱いているところを想像するのは辛《つら》かった……。

体育館の中に、明りが点《つ》いた。

「——そろそろ暗くなるんだ」

と、安奈は言った。

「そうだね」

と、古田恵子が寝そべって、「暗くなると、怖いね、台風が」

体育館の高い窓の外は暮れかかっていたが同時に、唸《うな》るような風の音と、叩《たた》きつける雨の音が一段と高くなっていた。

「ねえ……」

と、恵子が言った。

「え？」

「この体育館は大丈夫なのかな」

「ここ？　大丈夫でしょ。だって……」

と言いかけて、それが大して根拠のない意見だということに気付いた。

一応、この中学校自体が高台にあるので、水が出ても、まず安全だろう。

しかし、後ろに山が控えているのも事実である。

もし、その山が崩れたら……。

「あ、今ごろ来た人がいる」

と、恵子が言った。

「本間《ほんま》さんだね」

小さな町のことで、まずどの家の人も知っている。

本間は、妻のユリエを支えるようにして、体育館の中へ入って来た。――四十代の半ばだろう。しかし、見た印象はずいぶん老けている。

「奥さん、具合悪いんだよね」

と、恵子が言った。

「みたいだね」

本間は、体育館の中を、オロオロしながら奥へとやって来た。

もう今から二人の入る余地はないのだ。

「――どこも空いてないな」

と、本間が言った。

「だから早くしろって言ったじゃないの！」

と、ユリエが尖《とが》った声を出す。「いつも、グズなんだから！」

妻に叱られている本間を見て、安奈は何だか気の毒になった。

「そんなこと言ったって、お前……」

と、本間はブツブツ言った。「店の中を片付けてから出なきゃいけない、って、お前が——」

「もっとテキパキやれば、とっくに出られたわよ！」

と、妻のユリエが怒鳴り返す。

その声量の差は圧倒的で、ユリエが「具合悪い」というのは本当かと首をかしげたくなるものだった……。

本間浩泰《ひろやす》は、町で古い雑貨店をやっている。やはり、駅前のスーパーに食われて、このところ、

「いつ閉めるか」

と、噂になっていた。

コンビニにするという話もあったらしいが、場所が悪いというので、立ち消えになってしまったそうだ。

そういう状況も、ますますユリエを苛立《いらだ》たせているのだろう。

「ともかく、どこか場所を見付けなさいよ！　亭主でしょ！」

と、ユリエが本間を突き放した。

「ああ……。しかし……」

本間は、すっかり薄くなった頭の毛をタオルで拭《ぬぐ》いながら、オロオロと体育館の中を歩き回った。

詰めてやろうと言い出す者がないのは、狭くなるからというよりも、妻のユリエにそばに来られたくないからだ。

本間は、強く出るということのできない人間で、

「あの……ちょっとその……」

と、おずおず切り出しては、そっぽを向かれて、すごすごと退散する。

「情けない人ね！」

と、ユリエににらまれても、言い返すことができないのだ。

「可哀そうにね」

と、安奈は言った。

「ねえ、あんなに言わなくたって……」

と、恵子が笑いをこらえて見ている。

するとそのとき、急に安奈の母、弥生が立ち上って、

「本間さん」

と、呼びかけたのである。「ここへどうぞ！」

「お母さん――」

安奈はびっくりして起き上った。

「壁の方へもっと寄せれば、空けられるでしょ！　お気の毒じゃないの」

「でも、これ以上……」

「こういうときはお互いさまよ。逆の立場だったら、どう思う？」

「そりゃそうだけど……」

「じゃ、詰めてあげなさい！」

言われて、渋々詰めたものの、もともと隅っこの方である。いっぺんにスペースは半分くらいになってしまい、寝返りもうてない。

「こりゃどうも……。ありがとうございます」

と、本間と妻のユリエがやって来て、

「いいえ、こんなときですもの。――奥さん、大丈夫ですか？」

「もう、このところ具合が悪くって……。毛布を一枚余分にもらったんですけど、役場の人が凄《すご》くいやな顔をして……。お役人って、本当にいやですね」

ユリエはさっさと毛布を広げて、横になると、空いたスペースのほとんどを独占してしまった。

「おい、俺が入れない……」

「何とかしなさい。――通路で寝たら？」

周囲の人たちは、必死で笑いをこらえていた……。

お母さん……。まさか。

安奈は一瞬、母の「恋人」が本間かもしれないと思った。

しかし、いくら何でも……。

「それはないよね」

「何が？」

と、恵子が訊《き》く。

「ううん、ちょっとひとり言」

お母さんが、あの本間とラブシーンを演じているところなど、安奈がどう想像力を働かせても、思い浮かばなかった……。

「――弁当だ」

章が、配られていた弁当を抱えてやって来た。「古田のとこは、今おやじさんが持って来る」

「はい」

「ありがとう、章」

安奈は三人分の弁当を受け取った。

「あなた！」

と、ユリエがそれを見て、「早くお弁当をもらってらっしゃい！　なくなったらどうするの！」

「うん……」

本間は、あわてて飛び上ると、駆け出して行った……。

7　道ならぬ恋

安奈がお弁当を食べていると、父がやって来た。

「ここか。窮屈だが、雨風がしのげるだけでもいいな」

「お父さんのお弁当だよ」

と、安奈はそばに置いた一個に目をやりながら言った。

「うん……」

と、須川は毛布に座り込んだ。

「あなた。あの方はどう？」

と、弥生が訊いた。「何ておっしゃったかしら」

「河井君か。今、眠ってる」

と、須川は言って、「お前にくれぐれもよろしく言ってくれと。――服を着替えられて良かった」

「そうね」

須川は自分の弁当を手に取って立ち上ると、

「河井君に食べるかどうか訊いてくる」

と、また行ってしまった。

弥生は、自分の食べる手を止めて、夫の後ろ姿を見送っていたが、

「ご飯が少し固いわね……」

と、呟《つぶや》くように言って、また食べ始めた。

安奈にも、父と、あの河井という女性が、ただの同僚じゃないだろうということは分った。

でも、今はそんなことを言っていても始まらない。

「――章」

と、安奈は呟いた。

そう。自分だって……。

章と、あの「都会の娘」との間は、どうなのか。

今、ここで章にそんなことは訊けないのだ……。

「――起こしたかな」

と、須川は言った。

〈診療所〉のベッドで、河井麻美は目を開けていた。

「少し前に起きたの」

と、麻美は小さく肯《うなず》いて、「台風、ひどいわね」

「ああ……。しかし、ここは大丈夫だ」

須川は椅子を引き寄せて座ると、「弁当だ。食べるか」

「でも――私の分じゃないでしょ」

「僕のだ。それに余分にあるさ」

「少し……いただくわ」

と、麻美は起き上った。

「熱は？」

「大丈夫。出てないわ」

「良かった。何しろ、体の芯《しん》まで冷え切るところだったからな」

弁当のふたを開けて、「さあ、食べて元気をつけてくれ」

「ありがとう」

「お茶のペットボトルがあったな。持って来よう」

須川は、急いで体育館へ戻ると、お茶を一本、段ボールから取って来た。

麻美はその間に弁当を半分近くも食べていて、

「ごめんなさい。お腹が空《す》いてたみたい」

と、照れたように言った。

「いや、その食欲があれば大丈夫だ。平らげてくれ」

「ええ」

食べながら、はしを止めて、「何だか――妙ね」

「何が？」

「だって……私、奥様のものを着てるのよ。下着まで。あの濡《ぬ》れた服のままだったら、きっと風邪引いてた」

「いいじゃないか。こんな場合だ。個人的な事情は別だよ」

「そうはいかないわ」

と、麻美は首を振った。「奥様……きっと気付いていてらっしゃるわね」

「あいつはそんなこと、考えないさ」

「そんなことないわよ。誰だって気が付くわ。――女ですもの」

「いいじゃないか。嘘をついても仕方ない」

「申し訳ないわ」

「今はともかく、その弁当を食べてしまうことだ。さあ！」

麻美はちょっと笑って、

「分ったわ。――あなたの分、もらえなくても知らないわよ」

と言うと、また食べ始めた……。

夜になって、停電になった。

当然予想されたことだったので、廊下やトイレなどには照明が置かれたが、体育館全体は暗くなり、自然、みんな横になった。

しかし、一段と風は唸《うな》りを上げて、何度か体育館そのものもミシミシと音をたてていた。

「恵子」

と、安奈はそっと言った。「寝た？」

「起きてるよ」

と、寝返りをうって顔を突き合せると、「眠れないね、こんなんじゃ」

「本当……。窓に当る雨の音が……」

「雨だけじゃないよ、きっと。木の枝とか、色々飛んで来てるんだよ」

と、恵子は言った。「ガラス、割れないかな」

「でも――あんな高い所、どうしようもないよね」

と、安奈は言って、天井を見上げた。

何か所かで雨が洩《も》り始めていて、まともに滴の落ちる所に寝ていた人は、場所を移るしかなかった。

「――安奈」

と、恵子は言った。「お父さんは？」

「え？」

安奈はチラッと母の方を見た。母もいない。

「お母さん――トイレかな」

と、安奈は呟いて、「お父さんは〈診療所〉で寝てるみたい」

と言った。

「会社の女の人と？」

「自分が連れて来たからって、責任感じてるみたい」

「そう」

もちろん、恵子の言いたいことも分っている。いくら「責任がある」といっても、家族がいるのに……。

「お母さんも知らなかったらしい」

「だろうね」

「でも、お母さんだって……」

と、安奈は言いかけた。

「――どうしたの？」

「これ、秘密だよ」

と、声を低くして、「お母さんも、好きな人がいるみたい」

「安奈……。どうして分ったの？」

「ケータイで話してるの、聞いちゃった」

この昼間の出来事を、恵子に話してしまった。

「それって……。相手は？」

「分んない」

「へえ……。意外だな」

「だから、お父さんとあの河井って女の人のことも、お母さんにはそうショックじゃないとは思うんだ。でも、そう割り切れないかな」

話しながら、安奈は自分のことを考えていた。

章と、あの女子大生、琴平雅美。

でも、私は……。私は章の他に好きな男なんて、いないよ。

ちょっと笑い声が聞こえた。

「——あの女の人だね」

と、恵子が言った。「こんなときに、よく笑ってられる」

「うん……。でも、あの人って、何だか——」

「どうしたの？」

「何だか、ただの女子大生にしちゃ大人じゃない？　あんな風に、この町の人たちとおしゃべりしたりして」

「章さんに訊《き》いてみた？」

「何を？」

「何って……」

「分ってるけど……。今、そんなこと訊けないでしょ」

「そうだよね」

訊かなくたって、分る。

章はあの雅美と、もう寝てるだろう。

安奈には直感的に分るのだ。

なぜって……。安奈自身も、章と寝たことがあったから……。

トイレを出ると、弥生は暗い廊下を、そっと歩いて行った。

廊下は、どこの隙間からか風が抜けて、湿っぽい。

「――本間さん？」

と、足を止めて、声をかけた。

「ああ……。君か」

本間は起き上った。

妻のユリエに追い出されるようにして、この廊下で寝ている。

「冷えない？」

「床が湿っぽくてね。――でも仕方ない。あいつのそばで小さくなってるよりいいさ」

と、本間は言った。

「そんな……」

弥生は毛布の上に座って、「他の人は……」

「廊下には数人しかいないよ。みんな向うの方だ。大丈夫」

暗がりの中、手探りで互いの顔を見付け、唇を求め合った。

危険ではあるが、この台風の中では、あえてそうしたかったのだ。

「台風さえ来なかったら……」

と、弥生は言った。「今ごろ、私たち、二人でどこか遠くにいたわね」

「ああ……。でも仕方ない。台風は今夜だけだ」

「そうね」

弥生はもう一度本間をかき抱いてキスした。

「主人が……」

「え？」

「会社の女の人と……」

「ああ。チラッと聞いたけど」

「まさか、主人に女がいたなんて」

「でも、それは——」

「分ってるわ。責めはしない。でもね……」

二人はもう一度キスした。

　すると咳払《せきばら》いがして、二人はハッと離れた。

「あの……」

　琴平雅美だった。「いくら暗くても、みんな目が慣れてますから、見えますよ」

　弥生は急いで立つと、

「行くわ」

　と、逃げるように行ってしまった。

　本間はちょっと咳払いして、

「いや……どうも」

　と、雅美の方へ小さく会釈して見せた。

　弥生が体育館の中へ戻って行っても、雅美はそのまま残って、本間を見下ろしていたのだ。

「あの人……人の奥さんですよね」

　と、雅美は言った。

「え？　まあ……色々あってね」

　と、本間は無理に笑顔を作って、「君はまだ若いから分らないだろうけど……」

「須川安奈さんのお母さんですね」

「うん……。よく知ってるね。君、この町の人じゃないだろ？」

「石尾章の彼女です」

「ああ……。章君の。じゃ、東京の大学で？」

「ええ」

「道理で、垢抜《あかぬ》けしてると思ったよ。何しろこの町は小さくて、人の口もやかましいからね」

「人間は変りませんよ、どこでも」

と、雅美は言った。「都会でも田舎でも、同じです」

本間はふしぎそうに雅美を見上げていた。

「——じゃ、失礼します」

と、雅美が行きかけると、

「あのね……」

と、本間が呼びかけた。

「分ってます。奥さんには言いません」

と、雅美はチラッと振り向いて言うと、そのまま体育館の中へと戻って行った。

「——章」

雅美は毛布の上に横になると、「眠れる？」

「いや、風の音が凄《すご》いからな」

と、章は言った。「——こんな中で、よく眠れるよ」

隣で、母親の涼子がいびきをかいていたのである。

「いいじゃないの」

「高い窓のガラスが割れないか、心配だな。破片が落ちて来るとけがする」

「心配してたってしようがないわ」

雅美は章に抱きついて来た。

「おい……」

「このままにさせて」

雅美の声は、真剣だった。「お願い」

「うん……。いいけど」

章も雅美の背中に手を回し、二人は軽く唇を触れ合った。

むろん、周囲には起きている者がいるだろう。見られていても、雅美は気にしないようだった。

「雅美……」

と、章は耳もとで囁《ささや》くように、「君って、ずいぶん大人なんだな。びっくりしたよ」

「ただのわがまま娘だと思ってた？」

「そういうわけじゃないけど……」

「私、小さいころ、両親の都合で施設に預けられてたことがあるの」

と、雅美は言った。

「君が？」

「三年間いたわ。十歳くらいまで。――私、年上の子や、大人たちの顔色をうかがって、喜ばれるような、『可愛い子』を演じるのに慣れたの」

「雅美……」

「いい子でいるのって、難しくないわよ。その気になれば。後でそっと舌を出してやりゃいいんだもの」

雅美は章の胸に頭をのせて、「甘えたかった……。誰かにこうして甘えたかった」

と、呟《つぶや》くように言った。

「このまま眠っていい？」

「ああ、いいよ」

雅美は目を閉じた。

「お母さん、大丈夫？」

と、安奈は声をかけた。

トイレから戻ったらしい母、弥生の様子がおかしいと思ったのである。

ただ黙って、安奈の方に背を向けて寝たというだけだが……。安奈はその背中に何かを感じたのだ。

「お母さん――」

「なあに？」

弥生は、背を向けたまま言った。

「どうかしたのかな、と思って……」

「何ともないわよ。寝てるだけ」

「それならいいけど……」

「あんたも早く寝なさい」

「うん」

言葉だけなら、どこといって不自然なことはない。でも、いつもの母なら、顔を向けて目を合せて言っただろうが、今は安奈に背を向けたままだった……。

やはり普通じゃない。

でも、こんな状況で、これ以上母と話をすることはできなかった。

そして――安奈は章の方へ目をやった。

暗くはあるが、章の上にもう一つの影が重なっているのが見分けられた。

章……。

安奈は、見なければいい、目をつぶってしまえばいい、と思いながら、重なり合った影から、目を離すことができなかった……。

すると――母、弥生が起き上ったのである。

お母さん、と声をかけようとしたが、弥生はそのままスッと立って、体育館の入口の方へと歩いて行ってしまった。

どうしたんだろう？

安奈は、自分でも理由の分らない不安に捉《とら》えられていた……。

〈診療所〉からは明りが洩《も》れている。

停電してはいても、やはりここを真暗にするわけにいかないんだろう。

弥生はそっと中を覗《のぞ》いた。

医師はいなくて、小さな長椅子に、夫の須川良吉が窮屈そうに寝ていた。

仕切りの向うを覗くと、河井麻美が静かに寝息を立てている。

弥生は夫の様子をしばらくうかがっていた。

——眠っているのは確かなようだ。

弥生は、ベッドで寝ている河井麻美のそばに立つと、じっとその寝顔を見下ろしていた。

眠りも浅かったのだろう。

麻美はふっと目を開いて、目の前の人影に、ちょっとびっくりした様子だった。

「奥様……」

「主人は眠ってるわ」

と、弥生は小声で言った。「いいのよ。そのまま横になっていて」

「でも、ご主人を——」

「いいのよ」

と、弥生は言った。「あの人はもう私のものじゃない」

「奥様……」

「私だって、女ですもの。主人のあなたを見る目で分るわ」

麻美は横になったまま、ちょっと目を伏せて、

「申し訳ありません」

と言った。「でも——ご主人にとっては、仕事のストレスからの逃げ場が私だったんです。奥様のことは愛してらっしゃいます」

弥生はちょっと笑って、

「そんな……。主人の心理分析なんかしないで。あの人とはもうずっと前から、気持が通わなくなってた」

「でも……」

「いいのよ。あなたを恨みはしないわ。いつからこうなったのか……。もう思い出せないくらい昔。ただ、安奈がいるから、お互いに辛抱してた。いいえ、娘のことを口実にして、別れずにいたんだわ」

弥生は、自分がいつの間にか泣いているのに気付いた。悲しくもないのに、なぜ涙が出るのだろう？

「——奥様。もうご主人とは二度と、そんなことになりません」

「誓わないで。守れないことを」

「奥様……」

「あなたが主人を愛してるのかどうか、それが知りたいの。それを聞きたくて、ここへ来たの」

麻美は、しばらく無言で、やがてゆっくり起き上ると、

「さっき、山の中の道で、私は死んでいれば良かったですね」

と言った。

「馬鹿を言わないで」

と、弥生は少し怒ったように言った。「あなたに死んでほしいなんて、思ってもいないわ」

「でも——」

「それなら、あなたに服を貸したりしないわ」

麻美はハッとしたように、

「そうですね……。本当に」

「主人を——大事にしてあげて」

と言うと、弥生は、「もう行くわ。おやすみなさい」

と、早口でひと言、そのまま小走りに〈診療所〉を出て行った。

麻美は、しばらくそのままにしていた。

「――大丈夫か」

須川が、起きてやって来た。

「聞いてたんですか」

「ああ」

「あなたは……奥様の所へ帰らなくちゃ。体育館へ行って、寝て下さい」

「今さら行けない」

「でも――」

「俺は……」

何を言っていいか分らなかったのか、須川は麻美を抱いて唇を重ねた。

麻美も、されるままになっていた……。

8 事件

長い夜だった。

「時計、止ってるのかな」

と、恵子が言った。

「今……何時?」

と、安奈はケータイを出して、時刻を見た。

「午前……二時？」

「じゃ、止ってないんだ。長いなあ」

と、恵子は言った。

「ずっと起きてるからだよ」

「そうだね」

「でも――ずいぶん寝てる人がふえたね」

いくらか風が弱まったようで、そのせいか、こんな固い床の上でも、眠っている人が目に留まった。

それでも、時々起きてトイレに行く人もいて、人は何となく絶えず出入りしているようだった。

「もう台風、通り過ぎたのかな」

と、恵子は言った。

「さあ……。明け方くらいが一番ひどいって言ってなかった？」

と、恵子は言った。

「でも、少し風が……」

と、恵子が言いかけたときだった。

突風のように、体育館の周囲を風が唸《うな》りをたてて回った。建物がミシミシと音をたて、安奈は息を呑《の》んだ。

「凄《すご》い風……」

「怖いね」

二人が手を取り合ったとき、高い窓のガラスの一枚が音をたてて割れた。

「キャーッ!」

と、叫び声が上った。「ガラスが――」

ガラスが床に落ちて割れる音がした。

風が吹き込んで、同時に細かい雨も降り込んで来た。

「ガラスが!」

「痛い!」

と、数人の声が上った。

「動かないで!」

と、声を上げたのは、琴平雅美だった。「動くとガラスを踏みます! じっとして!」

雅美は章を叩《たた》き起こして、

「急いで明りを! お医者さんを呼んで来て!」

　と言った。

「分った!」

章が立って、役場の人間の方へと駆けて行った。

「今動くと、もっとけがしますよ」

と、雅美は言った。「すぐ人が来ます。じっとしてて」

ライトを手に、数人の人がやって来た。

「破片はどの辺まで？」

「光を当てて！」

——落ちつくまで、しばらくかかった。

ともかく、散らばった破片を拾い、けがした人を〈診療所〉へ連れて行った。

「雨が降り込んで来るから、ふさがないと」

と、章が言った。

「しかし、あんな高い所を……」

「あの窓を拭《ふ》くことだってあるんでしょ？」

と、雅美が言った。「それなら、どこかから窓の所へ行けるはずです」

「なるほど。学校の先生に訊《き》こう」

——風は、しばらくの休息の後、一段と威力を増した。

「馬鹿にするんじゃなかったね」

と、安奈は言った。

「本当だ」

と、恵子が肯《うなず》く。

すると、バタバタと足音がして、トイレに行った人が一人、あわてた様子で戻って来た。

「誰か……来てくれ！」

「どうした?」

「廊下で……人が死んでる!」

誰もが戸惑っていた。

「発作でも起したのか?」

と、一人が訊く。

「そんなんじゃないんだ!」

と、男の声は震えていた。「刺し殺されてる」

しばし、誰も口をきかなかった。

「——本当に?」

「見て来いよ!」

「誰が死んでるって?」

「本間さんだよ」

と、男は答えた。


誰も、しばらくは何の反応も見せなかった。

まるでその言葉が存在しなかったかのように……。

「本間さんが?」

と、誰かがやっと声を出した。

「刺し殺されてる？ そんなことが……」

と、恵子の父、古田晃一が起き上った。

「本当なんだよ」

「見て来よう」

と、古田が立とうとすると、

「あなた、やめて」

と、妻の梨江が古田の手をつかんで止めた。

「何だ。どうした」

「行かないで。私たちに関係ないじゃないの」

「だけど、お前――」

「いいから！ 今はそれどころじゃないわ。台風なのよ」

安奈は起き上っていた。

妙なものだ。「それどころじゃない」と言うなら、「殺人」の方が、よほど大変だろうが。

「あの……」

と、安奈は言った。「奥さんが……」

そうだった。みんな、本間の妻、ユリエが体育館の中で寝ていることを、やっと思い出したらしい。

「奥さん、どこだい？」

「すぐそこです。──寝てるみたい」

「誰か起こしてやれよ」

「ね、本間さん。──起きて下さい」

安奈が呼びかけたが、本間ユリエはぐっすり眠っている。

「睡眠薬のんでるって言ってた」

と、古田恵子が言った。

そこへ石尾章がやって来て、

「安奈、どうかしたのか」

と訊いた。

「聞こえた？」

「本間さんが殺されたって……。本当か？」

「私、見てない」

「分った。見て来よう」

「私も行くわ」

と、安奈は立ち上った。

チラリと隣の母親を見る。──安奈の方へ背を向けて、眠っているようだ。

安奈と章は、廊下へと出た。

母、弥生が眠っているわけはない、と安奈は思っていた。

　窓ガラスが割れたりして、あれだけ騒ぎになっていたのだ。もともと眠りの浅い弥生は、きっと目を覚ましただろう……。

　本間が死んだと聞けば、びっくりして起き出すのが普通だ。でも、弥生は眠っている。

　いや、「眠ったふり」をしている。

　それは、「本間が死んだことを知っているから」ではないか……。

「——何てことだ」

　と、章は言った。

　冷たく湿った廊下で、毛布を半ばはねのけるようにして、本間は死んでいた。

　本間の胸には、銀色のハサミが突き刺さっていた。

「——どうする？」

　と、安奈は言った。

「役場の人に話そう。これは警察の仕事だ」

「そうね」

「それにしても、どうしてこんなときに……」

　と、章は首を振って、「役場の人を呼んで来る」

「私、ここにいるわ」

　どうしてか、安奈はそう言っていた。

「一人で大丈夫か」

「ええ。呼んで来て」

「役場の奴じゃ、役に立たないかもしれないな」

「――私もいるわ」

いつの間にか、琴平雅美が立っていた。

「目が覚めたのか」

「眠ってないわよ」

雅美はそばへ来て、本間を見下ろすと、「穏やかな顔ね。眠っているところをやられたんだわ」

「雅美さん……」

「じゃ、安奈と一緒にいてやってくれ」

と、章は言って、体育館の中へ戻って行った。

雅美は、廊下に寝ている人たちの方へ向いて、

「起きてる方もおいでですね。――この本間さんが刺されたのを、誰か見ましたか？」

と、声をかけた。

当惑した空気が流れ、

「暗くてね……」

「それに、トイレに行く人が多くて、ずいぶん人が通ってたから……。いちいち見てなかったわ」

「私はずっとウトウトしてて……」

誰も犯行を目撃したとは言わない。

「――安奈さん」

と、雅美は小声になって、「心配してるんでしょ？」

「え？　どうして？」

「分ってるのよね。――あなたのお母さんと本間さんのこと」

安奈は答えられなかった。

「私、さっき見たの」

と、雅美は安奈の肩を抱いて、耳もとに口を寄せて言った。「ここで、あなたのお母さんと本間さんがキスしてた……」

「そんな――」

「しっ。大きな声を出さないで。たぶん、ここで寝てる人のほとんどは気付いてなかったでしょ。もちろん、私にとっては、どうでもいいことよ。だから、私は黙ってるわ」

「雅美さん……」

雅美はしゃがみ込んで、本間の死体を眺めていたが、

「こんなときに、ハサミなんて、どこにあったのかしら？」

と、ポツリと言った。

確かにそうだ。台風だから避難するというときに、こんな大型のハサミなど持って来る

人はいないだろう……。

「——何だっていうんだ」

と、声がして、章が役場の男を連れて戻って来た。

「ここですよ」

と、章が言うと、役場の男は本間を見下ろして、

「こいつは……。本当に死んでるのか？　俺をからかってるんじゃないのか？」

「見れば分るでしょ、死んでるって。こんなときに、いたずらする者なんて、いませんよ」

章が呆《あき》れたように言った。

「それにしたって……。これは役場じゃなくて警察の仕事だろ」

「でも、今、どうやって警察に連絡すればいいんですか？」

章がムッとして言うと、

「そんなこと、こっちだって分らないよ。ともかく今は台風で手一杯なんだ！　何でもこっちに持ち込まないでくれ」

と、相手も感情的になっている。

「おっしゃることは分ります」

と、雅美が間に入って、「何も警察の代りをお願いしてるんじゃありません。ただ、人一人、殺されたわけですから、犯人も当然どこかこの体育館の中にいるんでしょうし、み

んな不安なんです。そちらで『今警察に連絡しているから安心して』と言っていただければ、多少落ちつきます」

淡々とした雅美の言葉に、役場の男もいささか恥ずかしげに、

「いや、確かにね。――こっちも、ほとんど眠ってなくて、くたびれてるんでね。ついカッとしちまった。よく分った。とりあえず、このままでは……」

「でも、他殺ですから、明らかに。手を付けないようにしないと。ただ、布をかけておくぐらいのことは……。トイレに行く人がここを通りますから」

「ああ、そうだね。毛布を一枚持って来て、覆っておこう。ありがとう」

と、雅美に礼まで言った。

「雅美さん、大人ですね」

役場の男が毛布を取りに行くと、安奈は言った。

「ああいう人は、他人から『怠けてる』って責められるのが一番いやなのよ。責任を押し付けないで、何かをお願いするようにすれば、機嫌がいいわ」

「ついムカッとして」

と、章は肩をすくめた。

「分るわ。あなたの年齢なら、それでいいのよ」

と、雅美は微笑んで、「私の方が、普通じゃないの。自分でも、ときどきいやになる。何、年寄りじみたこと言ってるんだろう、って」

「そんなことないわ」

と、安奈は言った。「雅美さんがいなかったら、今ごろ体育館の中はもっとギスギスしてたでしょう」

「安奈さん、ありがとう」

章は、安奈と雅美が親しげに話しているのを見て、少しホッとしていた。

「――でも、朝は遠いな」

と、章は言った。「それまで何もなきゃいいけど……」

「これ以上、何かあるの？」

と、安奈は言っていた。

何かあるに違いないということが、一番分っているのは安奈だったが……。

9　時間

風の唸《うな》りにも、叩《たた》きつける雨にも、人間は慣れるものだ。

割れた窓を、ともかく何とかふさぐことに成功して、体育館の中はやや落ちついていた。

それに、あのときほどの突風は、その後起っていない。

このまま朝になるのだろう。――そんな安心感が、体育館の中に広がっていた。

本間の妻、ユリエは、夫が殺された騒ぎから三十分ほどして目を覚ましたが、薬のせい

か、

「ご主人が亡くなって……」

と、そばの人に言われても、よく分っていない様子で、

「それはわざわざ……」

などと言って、また寝入ってしまった。

「起すことないわ」

と、雅美は言った。「そっとしておきましょう」

誰もが同意見のようだった。

安奈はむしろ、母、弥生のことが心配だったが、といってこの状況の中では、面倒なことはできるだけ避けたい……。

眠れるとは思わなかったが、毛布の上に横になると、

「——安奈」

と、古田恵子が小声で言った。「起きてる？」

「うん、もちろん」

「どうなの？」

「何が？」

「あの東京から来た女。——石尾さんと、どうなってるの？」

「さあ……。訊《き》かなかった」

「心配じゃないの？」

「心配だよ、もちろん」

と、安奈は言った。「でも、今はそんなこと考えても仕方ないし」

「そうか……。そうだね。台風が行っちゃわないと……」

——安奈は、自分でも琴平雅美に対して反感を抱いていないことがふしぎだった。

章は私のもの。いえ——私が章のもの。

でも、章は「私だけ」を自分のものにしたわけじゃない……。

正直なところ、章を信じると言いながら、安奈自身、章が東京で新しい彼女を作るだろうと、知らず知らず予感していたのだ。

章がこの町を出るとき、彼に体を与えたのは、いわば、章をつなぎとめるためだった……。

「でも、怖いね」

という恵子の言葉に、

「——何が？」

「だって、本間さんを殺した人、ここで寝てるわけでしょ」

「そうね……。この台風の中、外へは出られないだろうし」

そう答えて、安奈はふと思った。

本間を殺した犯人は、なぜこんな特殊な状況の中で犯行に至ったのだろう？

「え？」

振り返った安奈は、いつの間にか母、弥生の姿が見えなくなっているのを見て、びっくりした。

お母さん……。どこに行ったんだろう？

安奈は起き上った。

「何だか——心配だ」

「安奈」

「ちょっと見て来る」

安奈は立ち上って、一瞬迷ったが、章と雅美の方へと歩いて行った。

「ごめんなさい」

と、声をかける。「お母さん、見なかった？」

「いないのか？」

と、章が起き上る。

「さっき、出口の方へ行かれたわよ」

と、雅美が言った。

「ありがとう」

安奈は足早に出口へと向った。

〈診療所〉へ行ったのかもしれない……。

廊下へ出ると、すぐに外というわけではないが、それでも風の唸り、叩きつける雨の激しさは一段と肌に迫って来た。

「凄《すご》いなあ……」

と、思わず安奈は呟《つぶや》いていた。

校舎の中へ入ると、風の唸りも少し遠のいてホッとする。廊下を歩いて行くと、〈診療所〉のドアから明りが洩《も》れていた。

「――すみません」

と、安奈はそっと中を覗《のぞ》き込んで言った。

「安奈か。どうした」

父、須川良吉が言った。

須川は、ここの医師とソファにかけて話をしていたらしい。

「どこかけがでもしたか？」

と、医師が言った。

この町の開業医で、校医もつとめているので、安奈もよく知っている。遠藤修三《えんどうしゅうぞう》といって、もう七十近い年寄りだ。

「そうじゃないです」

「どうせ朝まで寝られんからな。君の親父さんとおしゃべりしとった」

と、遠藤医師は言った。

「何か用なのか？」

と、須川が訊く。

「あの——お母さん、来てない？」

「ここに？　いや、来ないが」

「そう……。じゃ、どこ行ったんだろう？」

と、安奈は首をかしげた。「いつの間にかいなくなってて」

「トイレじゃないのか」

「それなら気が付くと思うけど……。それと、聞いた？　本間さんのこと」

「ああ、役場の者から聞いた。この台風じゃ、どうにもならないな」

「まず私に知らせてくれと文句を言ったんだよ」

遠藤医師は顔をしかめて、「いずれにしても、この台風が行ってしまわんとな」

「でも、どうしてわざわざこんなときに殺したんだろうね」

「分らんな」

と、須川が言った。

「お父さん。——あの会社の人は？」

「ああ、その仕切りの向うで寝ている。どうしてだ？」

「別に。訊いただけ」

安奈は、本間が母の恋人だったとも言えず、一旦《いったん》〈診療所〉を出た。

――仕方ない。戻って、お母さんが帰って来るのを待っていよう。

安奈は廊下を体育館の方へと戻って行った……。

そのとき――バタン、と何かが倒れるような音がして、安奈は足を止めた。

今の音、どこから聞こえたんだろう？

暗い廊下を見回した安奈は、気付いた。今の音は、頭の上から聞こえて来た。

二階に誰かいる？　しかし、二階は明りも点《つ》いていなくて真暗だろう。

もしかしてお母さんが？

もし、母が一人で泣きたいとしたら、この人気《ひとけ》のない校舎の二階に身を潜めていてもおかしくない。

安奈は少しの間迷っていたが、一人で二階へと階段を上って行った。

階段を上り切ると、真暗な廊下が、まるで自然の洞窟《どうくつ》のようだ。

安奈は壁に手をついて、辿《たど》りながらゆっくりと歩き出した。

思い切って、

「お母さん」

と、声を出して呼んでみる。「――お母さん、いる？」

返事はなかった。

やはり空耳か、あるいは風のせいで音がしたのか……。

手で壁を辿って行くと、ドアがあった。

教室かな？　ドアは半ば開いている。

むろん中は真暗だ。覗き込むようにして、

「お母さん？」

と呼んでみたが、反応はない。

諦《あきら》めて先に進もうとしたときだった。

その部屋の中で、クシュン、と誰かがクシャミをしたのだ。

「誰？」

と、安奈が呼びかけると、

「安奈！　入っちゃだめ！」

と、母、弥生の声がした。

「お母さん！　ここで何してるの？」

と、暗い部屋へ入って行くと、安奈は突然正面から強いライトを浴びて立ちすくんだ。

「声を上げるな」

と、男の声がした。「動くんじゃないぞ。分ったか」

懐中電灯の光がチラッと動くと、床に座っている弥生を照らした。

「お母さん――」

「安奈、言われた通りにして」

弥生の手首には手錠がかけられていた。

「どうしたの？」

「そこへ座れ」

「安奈！　言う通りにして。その人、ピストルを持ってる」

安奈は、その明りの中にぼんやりと浮かび上る大柄な男の影と、手にした拳銃《けんじゅう》らしいものを見分けた。

怖いというよりは、何が起っているのか分らず、安奈は弥生のそばに座った。

「娘か」

と、男は言った。

「この子には手を出さないで下さい。お願いですから」

「騒いだりしなきゃ、何もしない。心配するな」

と、男が言った。「二階に上って来たのはお前一人か」

「うん」

「誰かが見ていたか」

「いいえ」

「本当だな」

「本当だよ」

風が唸《うな》って、校舎全体がきしんだ。

「――よし。今、この下には誰がいる」

「下？　医務室にお医者さんとか二、三人……」

「他には？」

「他の人はみんな体育館だよ」

「そうか」

男は、机の角に腰をかけて、「体育館に何か食うものはあるか」

と訊《き》いた。

「あ……。町が用意してくれたお弁当が……。まだ残ってると思う。――それとお茶のペットボトル」

「お前、一つ持って来い」

「お弁当を？」

「弁当とお茶だ。誰かに言いつけたりしたら、お前の母さんを殺す」

「すぐ取って来る！」

と、安奈はあわてて立ち上った。

「怪しまれるなよ」

「うん」

「じゃ、行って来い」

安奈は、その教室を出た。――階下の廊下からわずかながら光が洩《も》れていて、階段を下りて行くのにはそう苦労しなかった。

「お母さん……」

階段を下りて息をつくと、安奈は、「今のって、夢じゃないよね」

と呟《つぶや》いた。

いや、本当だ。母の手に光っていた手錠、そして拳銃の銃口……。

でも、こんな嵐の中、一体誰が学校へ忍び込んだりするだろうか？

でも、今はそんなことを考えてても仕方ない。言われた通り、弁当とお茶を届けなくちゃ！

安奈は体育館へと急いだ。

10　過去の影

「まだ戻らないみたいね」

と、雅美が言った。

少しウトウトしかけていた石尾章は、

「どうしたって？」

　と、目を開けた。

「ごめんなさい。眠ってた？」

「ちょっとね」

「あの子のお母さん。まだ戻って来ないようだから」

「安奈の？――安奈もいないな。大方、〈診療所〉にいるんだろ」

「そう？　でも、お父さんと、会社の女性がいるんでしょ？　そんな所に行くかしら」

「分らないけど……。でも、どうして安奈のことを、そんなに気にかけるんだ？」

　二人は並んで横になり、顔をほとんど突き合せるようにして、小声で話していた。

「だって、いい子じゃないの。私よりあの子の方が、あなたには向いてるわ、きっと」

「雅美――」

「ええ、分ってる。こんな言い方したって、あなたは困るだけね。私だって、あなたが好いてくれるのは嬉《うれ》しいわ。でも、私たちはまだ学生よ。これから何があるか分らないわ」

「僕の気持は変らないよ」

「ありがとう」

　雅美は章の唇に軽くキスして微笑んだ。

「君は、さめてるんだなあ。本当に大人だ。びっくりしたよ」

「そう言われて、嬉しいとも限らないわよ」

と、雅美は言って、「——あら、あの子だわ」

章は起き上って、

「本当だ。——何してるんだろう？」

安奈が、弁当の段ボールを探って、中から一つ弁当を取り出している。

「今ごろ弁当を……。おい、安奈」

と、章が立って行くと、安奈はギョッとしたように振り向いて、

「章……。起きてたの」

「弁当、どうするんだ？」

「あの……お医者さんが、一つ欲しいって言うんで」

「ああ、遠藤先生か。じゃ、食べそこなってたんだな」

「うん、そう言ってた」

「お母さん、いたのか？」

「え？　あ……。ううん、いなかった」

「そうか。心配だな」

「あの……これ、持って行くから」

「うん、分った」

安奈は、ひどくあわてた様子で、弁当とペットボトルのお茶を一本手にして、体育館から出て行った。

章が雅美のそばへ戻ると、

「――何だか様子がおかしかったわね」

と、雅美が言った。

「安奈か？　まあ、こんな晩だものな」

と、章は横になって息をつく。

「台風って……少し人間をおかしくするわね」

と、雅美は言った。「いつもと違う日だから。――気圧が下って、少し人間にも影響が出るのかも」

「どうかな。でも、いつもと違う風とか雨とかで、雰囲気が変るのは確かだな」

「私、台風って嫌いじゃないの」

「へえ。どうして？」

「日常を変えてくれるじゃない。とても辛抱できないような、平凡な日常を」

「そんなもんかな」

と、章が言ったとき、

「あなた！」

と、突然声がした。

本間ユリエがフラッと立ち上り、

「あなた！　どこに行ったの！」

と、かすれた声で叫んだのである。

本間ユリエの周りにいた人々は、ギョッとして起き上ったが、

「あなた！――あなた！」

と、かすれた声で叫び続けるユリエを眺めるだけで、誰も声をかけようとはしなかった。

「あら……」

ユリエは、初めて周囲の様子に気が付いたといった様子で、「ここは？」

雅美が立ち上ると、足早にユリエに近寄って、

「ここは体育館ですよ。台風を避けて、みんなここに来てるんです」

と、子供に言い聞かせるようにていねいに言った。

「ああ、台風！」

「ええ、そうです」

「じゃ、夢じゃなかったのね」

と、ユリエは肩を落として、「台風なんて家の中でじっとしてればいいのに。――ねえ」

「座りましょう。みんなと一緒にいる方がいいですよ」

「そうね……」

ユリエは毛布の上にベタッと座ると、「あなた、どなた？」

と、ふしぎそうに雅美の顔を見上げた。

「私、この町の者じゃないんです。遊びに来てて」

「そう……。台風なのにご苦労様ね」

「横になりますか？　朝まではまだありますよ」

雅美は穏やかに言って、ユリエを寝かした。

「ありがとう……。あなたはまだ若いのに……」

「いえ、そんなことありません。――やすまれますか？」

「ええ、そうね……」

と、ユリエは呟くように言って、ゆっくり目を閉じた。

雅美がそっと立ち上ろうとしたとき、ユリエが目を開けて、

「でも、あなた――」

と言ったのである。

「何ですか？」

「どこかで……あなたと会ったことがあるような気がするわ」

「そうですか？　でも、私、この町は初めてなんですよ」

「じゃあ……思い違いかしら」

「きっと、誰か似た方がいたのかもしれませんね」

「ええ……。きっとね」

ユリエはまた目を閉じた。

雅美はそっと章のそばへ戻って行った。

「眠ったのか」

「完全に目を覚ましてなかったのよ。きっと今のことも憶《おぼ》えてないわ」

雅美は毛布に横になると、「ご主人のことは、朝になって起きてからでいいわよ」

「そうだな」

章は雅美の手を握った。

「寝ましょ。眠れなくても、目をつぶってるだけでもいいわ」

「うん」

「——雨が少し小降りになったようね」

と、雅美が言ったときだった。

体育館全体が震動した。

そしてどこか遠くでバリバリと雷が落ちるような音がした。

「——何だろう」

「ただごとじゃないわね」

起き上って、雅美はじっと周囲の様子をうかがっていた……。

眠っていた者も、ほとんど目を覚ましたらしい。眠りが浅いから当然だろう。

役場の人間が、あわただしく出入りしていたが、やがて一人が、

「皆さん」

と、少し大きな声で言った。「さっきの震動と音ですが、町の川向うで土砂崩れがあったようです」

とたんに人々がざわつく。

「どの辺だ？」

「うちは大丈夫？」

と、声が上ったが、

「詳しいことは、まだ分りません。この嵐ですから、調べに行くこともできませんし」

と、役場の男が言った。「しかし、川の向う側らしいので、たぶん町に被害はないでしょう」

もちろん、それ以上のことは誰にも分らないわけで、あえて訊《き》く者もなかった。

「ともかく、朝になって明るくなれば、どんな様子か見に行ってご報告します」

すると、一人の女性が、

「ここは大丈夫？」

と訊いたのである。

ちょっと笑いが起った。

大丈夫なのに、という笑いでなく、そんなこと分るわけないだろ、という気分の笑いだった。

「まあ、ここは高台ですから」

と、役場の男が言った。「まず心配ないと思いますよ」

それ以上、誰も発言しなかった。

「では……。もし、お腹が空《す》いたという方がいらしたら、お弁当、余ってますんで」

またちょっと笑いが起って、驚いたことに二、三人が立ち上って、

「弁当をくれ」

と言ったのである。

「元気ね」

と、雅美が言った。「そういえば安奈さんは？」

「ああ……。弁当を持ってったっきり戻って来てないな。〈診療所〉にいるんだろ」

弁当をもらって、早速食べ始めた町の人を見て、雅美は、

「何かしてないと、不安で落ちつかないのよね」

と言った。

「気持は分るな」

と、章は言った。「——どうなるんだろう、この台風が過ぎて行った後」

「後って？」

「人殺しがあった。土砂崩れがあった。町は以前の通りの暮しに戻れるのかな」

雅美はちょっと考えていたが、

「何があっても、人の生活は続いて行くわ。人間は、どんなに大切な人を失っても、時間

がたてばお腹も空くし、眠くなるのよ」

「そうだな……」

「だから人間は生きて行ける。——そうでしょ？」

そう言って、雅美は章にそっとキスした。

どこかで見たことがある。

——安奈は、暗い教室の中で、母、弥生の隣に腰をおろしていた。拳銃《けんじゅう》を持った男は、安奈が持って来た弁当をせっせと食べていた。手もとを照らさないと不便なので、懐中電灯を机の上に置いて、自分の方へ向けている。

安奈は、こんな状況なのにあまり怖いと思っていなかった。——ただでさえ台風という「普通でない状況」の中、こんな突拍子もないことが起って、どうしてもこれが現実だとは思えなかったのだろう。

そして、懐中電灯の光に浮かび上った男の顔を眺めている内、ふと思ったのである。

どこかで見たことがある……。

「——なかなか旨《うま》い弁当だな」

と、男はアッという間に食べ終えると、ペットボトルのお茶をがぶ飲みして、「——役所が用意したにしては上出来だ」

すると、弥生が言った。

「何をするつもりなんですか」

安奈はちょっとびっくりした。母の口調が落ちついていて、少しも怯《おび》えているように思えなかったからだ。

「お前には関係ない」

と、男は素っ気なく言った。

「関係ないのなら、どうして私は手錠なんかかけられてるんですか」

「余計なことを言うな」

「お母さん」

安奈は、思わず母の肩を抱いていた。

「安奈。――大丈夫よ。お母さん、もう何も怖くないんだから」

その母の言葉で、安奈には分った。

「お母さん……。知ってたんだね、本間さんが……」

「ええ、もちろんよ」

「お母さん……。本間さんのこと、好きだったんだね」

「ええ。でも――誰かがあの人を殺してしまった」

「殺しただと?」

男が驚いた様子で、「何の話だ?」

「あなたがやったんじゃないんですか」

「そんな男なんか知らない」

「私は……あの人と逃げて、二人で新しい暮しを始めるはずだったんです。——この台風さえ来なかったら、今ごろは……」

男は立ち上ると、懐中電灯を手にして、

「この娘を捨てて逃げるつもりだったのか」

と言った。

「母親と妻以外にも、私の生活があるんです」

弥生は、銃を目の前にしても、少しも恐れていないようだった。

「こんな台風の夜に人殺しか。——こんな小さな田舎町にも、人生はあるんだな」

と、男が言った。

「あ……」

と、安奈はその瞬間に、思い出していた。

「何だ」

「あなた……。お巡りさんでしょ、あの駅前の交番の」

手錠、拳銃……。そうだった！

「よく知ってるな」

「いつか……あの駅前で友だちと待ち合せたとき、お財布落として、お金を借りたことがある」

「そうだったか？」

「お巡りさんがどうして？」

「警官にだって、私生活がある」

と、男は言った。「心配するな、おとなしくしていりゃ、何もしない」

「じゃ、なぜこんな所に？」

と、安奈は訊いた。

「俺はな、会わなきゃならん女がいるんだ」

と、男は言った。「どうしても会わなきゃならない」

「――どうしたの？」

雅美は、章が立ち上るのを見て言った。

「ちょっと喉《のど》が渇いた。お茶のペットボトルもらって来る」

と言って、章は体育館の入口の傍にある段ボールの方へと歩いて行った。

ペットボトルを一本取ると、ふたを開け一口飲んだ。そして体育館を出て、廊下の窓から外の様子をうかがった。

暗くて何も見えない。

風も雨も、一時ほどひどくはないようだが、また急に強くなることもあるだろう。油断はできない……。

「あの……」

　と声がした。「章君、ちょっと」

　振り向いた章は、

「ああ……コンビニの――」

「ええ、古田です。恵子の母で」

「安奈と同じクラスでしたね」

「ええ、そうなんです」

　古田梨江は、少しためらってから、「あの――ちょっと今、いいかしら」

「何ですか？」

「こんなこと……。怒らないでね」

「というと？」

　古田梨江はちょっと声をひそめて、

「あの……恵子のことなんだけど」

「娘さんのことって？」

「もしかして……あなた、恵子と、その……お付合してたこと、ある？」

　章は面食らった。

「恵子さんと？」

「もし、見当違いならごめんなさい」

と、梨江は急いで言った。

「安奈とは、確かに仲良くしてましたけど、恵子さんのことは――もちろん、顔は知ってますが」

「そう……。やっぱりそうなのね」

と、梨江は目を伏せた。

「どうかしたんですか、恵子さん？」

「実はね……。あなたが東京へ行くって分ったとき、恵子がひどく沈み込んでたの」

章にとっては意外な話だった。

「もちろん、あなたは安奈さんの彼氏で、娘もそれはよく知ってたわ。でも、口には出さなかったけど、あなたに憧《あこが》れてた」

「そんなこと……。本当ですか」

「母親ですもの、分るわ」

と、梨江は言い切った。「それはともかく――あなたが東京へ行く前の日だった。春休みで、あの子はどこかへ一日出かけてた。私も、主人が用事で出かけてて、お店が忙しかったので、恵子のことは気にしてなかったの。でも……」

と、梨江は口ごもった。

「――何です？」

「あの日、恵子は夕方帰って来たわ。何だか様子がおかしかった」

梨江は思い切ったように言った。「私には分ったわ――。あの子、初めて男を経験して来たの」

「そんなことが……」

「直接、訊《き》いてみたわ。だって、母親として、ちゃんと知っておかないとね。万が一、ってこともあるし。――恵子は否定しなかった」

「それで……」

「相手が誰なのか、訊いてみたけど、娘は決して言おうとしなかったわ。でも、私は後で気付いたの。あの翌日、あなたが東京へ発《た》ったことに。それでふっと思った。もしかして、あなたと思い出を作ろうとして……」

「待って下さい」

章は遮って、「それは誤解です。僕と恵子さんは、安奈を介して知っているだけで、全く特別な付合はありません」

と言った。

古田梨江は、じっと章をみつめている。

章も、目をそらさずにその目を見返していた。

目をそらしたら、「嘘をついている」と思われるような気がしたのである。

しばらくして、梨江はフッと肩を落とし、

「分りました」

と言った。「あなたじゃなかったのね」

「本当です。信じて下さい」

「ええ、信じます。でも、きっとあの子は何も言わないだろうし」

「そうですね……。いつか、時がたてば」

「ええ、そうかもしれません」

と、梨江は小さく肯《うなず》いて、「でも幸いあの子は妊娠してはいませんでした。それだけでも、良かったと思うべきなんでしょうか……」

最後はほとんどひとり言のようになっていた。

「ごめんなさい、妙な話をして」

「いいえ。母親なら当然のことです」

「ありがとう」

梨江はちょっと笑みを浮かべると、体育館の中へ戻って行った。

章は、すっかり目が覚めてしまった。

そこへ、雅美がやって来た。

「何だ、お茶、飲むかい？」

「もらうわ」

と、雅美はペットボトルを受け取って、一口飲むと、「——今の話、何だったの？」

「古田さんの奥さんか？　娘のことで」

章が今の梨江の話を聞かせてやると、

「そういうことだったの」

「どうかしたのか？」

「今の奥さんがあなたの後をついて出たでしょ。ご主人が起きていて、それを見てたの」

「古田さんが？」

「それで、気になったんでしょうね、ご主人も起き出して、奥さんの後をついて行ったのよ」

「じゃ……今の話を」

「その入口の扉のかげでじっと立ってたから、聞いてたと思うわ。話が終ったんで、先に寝床に戻って横になってたけど」

「そうか……。それで君も？」

「気になってね。でも、あなたが娘の相手じゃなかったって、母親の方は信じたかもしれないけど、父親はどうかしら」

「おい、よしてくれよ。人違いで父親に殴られでもしちゃかなわない」

と、章は苦笑した。

そして、章はチラッと校舎の廊下の方に目をやると、

「ちょっと安奈のことが気になる。見て来るよ」

「じゃ、私も行くわ」

と、雅美は章の腕を取った。「――風が少し弱くなったようね」

11 捜索

〈診療所〉を覗《のぞ》くと、須川と医師の遠藤修三が話していた。

「ああ、章か」

と、遠藤が言った。

「すみません。安奈がいるかと思って」

「安奈？　さっき母さんがいないかと見に来たが」

と、須川が言った。「体育館にいないのかね？」

「先生にお弁当を持って行くと言って」

「私に？」

遠藤は眉《まゆ》を寄せて、「知らんぞ、弁当なんか来とらん」

「おかしいな」

章と雅美は顔を見合せた。

「あんたが、東京から来た謎の女か」

と、遠藤が雅美を見て言った。「さすがに垢抜《あかぬ》けとるな。しかし、骨格は逞《たくま》しい。田舎の生れだろう」

「お医者様？　さすがに鋭いですね」

と雅美は面白がっているようだ。

「しかし、変だな。確かに安奈は、お弁当を持って出たんです」

「そうか。しかし、ここには来ていない。他に行く所といっても――」

と、須川が首をかしげる。

すると、仕切りが動いて、河井麻美が起きて来た。

「お嬢さんがどうかしたんですか」

「いや、体育館にもいないというんで……」

そのとき、体育館の方から叫び声が聞こえてきた。

「何ごとだ？」

と遠藤が立ち上った。

女の子の悲鳴らしい声が聞こえた。

「もしかしたら――」

と、雅美が言って、廊下へと飛び出して行った。

章があわてて後を追う。

体育館からバタバタと駆け出して来たのは古田恵子だった。

「助けて！」

と、目の前の雅美にすがりつく。

恵子を追って飛び出して来たのは、父親だった。

「待て！　こいつ！」

と、拳《こぶし》を振りかざす。

「いけません！」

と、雅美は素早く恵子を自分の後ろに隠すと、「自分の子を殴るなんて、恥ずかしいと思わないんですか！」

と、古田に正面切って言った。

「何だと？　親だから殴るんだ！　こいつが男の名を言わないから——」

「大の大人が何ですか！　落ちついて下さい」

「余計な口を出すな！　余所者《よそもの》が！」

と、古田が怒鳴って、雅美を押しのけようとした。

すると——雅美がいきなり平手で古田の顔を打ったのである。

バシッと大きな音がした。

古田を追って出て来ていた妻の梨江や、数人の町の人々が、唖然《あぜん》として足を止めた。

古田は、思いがけない出来事に、怒るよりびっくりして立ちすくんだ。

誰もが一瞬凍りついた。雅美はその間に恵子を後ろの章の方へ押しやると、

「誰にだって、人に言えないことがあるんです」

と言った。「娘さん、もう十七でしょう。親にだって言えないことぐらい、ありますよ。誰だってそうでしょう？」

答えを待っているという言い方ではなかった。雅美はピンと背筋を伸して、

「こういう話は、頭にカッと血が上っているときにしても感情的になるだけです。ともかく朝まで頭を冷やして下さい」

と、言ってのけた。

古田はすっかり気をそがれた様子で、

「何なんだ、一体……」

と、ブツブツ言いながら体育館の中へ戻って行った。

梨江は夫について行きながら、チラッと雅美の方を見て、無言で頭を下げた。

騒ぎがおさまると、

「——さあ、あなたは〈診療所〉にいた方がいいわ」

と、雅美は恵子に言った。

「ありがとう……」

恵子は目を潤ませていた。

遠藤医師は、

「どこか殴られて、あざでもできてるか？」

と訊《き》いた。

「いいえ、たぶん……大丈夫」

「女の子だ。顔に傷でもつけたら大変だからな」

遠藤は恵子の肩をやさしく叩《たた》いた。「さあ、〈診療所〉へ行っとけ」

「はい……」

恵子は、河井麻美に伴われて廊下を歩いて行った。

遠藤医師は雅美を見て、

「あんたはふしぎな子だな。そんなに若々しいくせに大人びてる」

「結構老けてるんです」

と、雅美は冗談めかして言うと、「でも、安奈さん、どこに行ったんでしょう？」

「ああ、そうだな」

須川は体育館の中を覗いてから、「――弥生もいない。二人でどこかにいるのか」

「この台風の中で、ですか」

雅美は首を振って、「どこかへ行くといっても、嵐の中へ出て行ったとも思えませんから、この校舎の中でしょう」

「そうだな」

と、須川は肯《うなず》いた。「妙だな。――捜してみるか」

「一緒に捜しましょう」

と、雅美が言った。「章、一緒に来るでしょ？」

「ああ、もちろん。手分けした方が早くないか？」

「明りがそんなにないわ。〈診療所〉のを一つ借りてくとして、それ以上持って行けないでしょ」

「うん、そうか」

　章は苦笑して、「雅美の方が男みたいだな」

「あら、私が女だってこと、よく知ってるくせに」

　と、雅美が微笑んだ。


「じゃ、先生はここにいて下さい」

　と、須川は言った。「我々三人で、この校舎の中を捜してみます」

「ああ、任せとけ」

　と、遠藤は肯いて、「女二人、両手に花だ」

　河井麻美と古田恵子は、ベッドに腰をかけて話していた。

「では一階からだ」

　と、須川がライトを手に、廊下の奥へと向う。

「しかし、わざわざ真暗な所に行って、何してるんだ？」

　と、章が言った。

「分らないわ。でも、世の中、想像もできない、とんでもないことも起るのよ」

と、雅美は言った。「この台風だってそうでしょう？」

「ああ……」

一階の廊下の突き当りまで行って、三人は一つずつドアを開け、中を見て行った。

空の教室、資料室、職員室……。

覗《のぞ》くだけでなく、中へ入って、机の間も見た。

「ここは教室ね」

と、雅美がドアを開けると、とたんに湿った風が吹きつけて来た。

「窓が割れてるんだわ」

「本当だ。中に雨が降り込んでる」

ライトで照らすと、正面の窓ガラスが割れている。

「風で枝でも飛んで来たのか？」

「でも床に枝がないわ」

と、雅美は言った。「おかしいわ。――ライトをここに」

床の方へかがみ込んだ雅美は、

「見て。足跡がついてる」

「ああ……。なるほど」

「外から中へ向ってる。このガラスを割ったのは、風や枝じゃなくて、人間だわ」

「この台風の中で、誰かがここへ忍び込んだって言うのか？」

「この足跡がそう言ってるの。——泥で汚れてるし」

「その侵入犯が、どこかに隠れてる？」

と、須川が言った。「よし、捜し出そう」

須川と、石尾章、琴平雅美の三人は廊下へ出ると、足跡を追って行こうとしたが、

「——だめだ。すぐ消えちまっている」

と、章はかがみ込んで見て、「そううまくはいかないか」と、肩をすくめた。

「でも、侵入して来た誰かは、きっとこの校舎の中にいるのよ」

と、雅美が言った。

「しかし、一体何のために、わざわざあんな所から入って来たのかな」

と、須川は首をかしげた。

「この町の人間じゃないってことですね」

と、雅美は言った。「よほどの事情があるんですよ、こんな嵐の中をやって来たんですから」

「それはそうだな」

と、章が肯く。

「捜すのはいいけどね、章。何か武器になる物があった方がいいわ」

「え？」

章は面食らった様子で、「どうして?」

と訊いてからハッとして、

「そうか、もしかすると、本間さんが殺されたのは……」

「その可能性があるから、何か持ってた方がいいと思うの」

「よし、何か捜そう」

と、須川は言った。

「教室にバットの一つくらい、ありません?」

「なるほど、バットか」

教室へ入って捜してみると、野球用具がロッカーに入っていて、バットも二本見付かった。

「私はいらないわ」

と、雅美が言った。「頼りになる男性が二人もいるんだもの」

章がちょっと苦笑して、

「君に言われると皮肉に聞こえるよ」

「全くだ」

と、須川も言った。「ともかく捜そう。頼りになることを実証しないとね」

「もしかして……」

と、章がためらいがちに、「あの侵入者が安奈のことを――」

「弥生もだ」

と、須川は言った。「無事でいてくれるといいんだが……」


「すると、何か？　お前ももう男を知っとるんだな」

〈診療所〉で、遠藤医師が言った。

「うん……。だって、もう十七だよ」

と、古田恵子は肩をすくめて、「誰だってそんなことくらい……」

「みんな、『誰だって』と言えば、それですむと思っとる」

と、遠藤は言った。「年齢じゃないぞ。いい相手が現われたら、だ」

「だって、こんな田舎町で待ってたって、そんな男、いつになったら現われるか分らないもの」

と、恵子は言った。

「相手は町の男か」

「まあ……ね」

「誰かは訊《き》かんが、妊娠しとるんじゃあるまいな」

「してないってば！」

「まあいい。――自分を大事にしろ。自分以外に、自分のことを心配してくれる人間はいないんだぞ」

「うん……」

恵子は目を伏せた。

「若いころは、馬鹿をするものよ」

と、河井麻美が言った。「私みたいに若くなくてもするんだから、お説教はできないけど」

「河井さんって——須川さんと？」

「隠しても仕方ないわね。確かに、須川さんとは、上司と部下という以上の関係。でも、それもたぶん今日限りね」

「どうして？」

「こんな夜を過した後は、人生を変えたくなるわ」

と、麻美は言った。

「そうだな」

と、遠藤は肯《うなず》いて、「台風ってのは、色々困ったことを起すが、その一方で、日常でない世界を覗かせてくれる」

「日常でない世界……」

と、恵子が呟《つぶや》いた。

「そうだ。台風が来ると、怖いって気持の他に、何だかワクワクしないか？　俺の子供のころは、台風が来ると嬉《うれ》しかったもんだ」

遠藤は、ちょっと懐しげに宙を眺めている。

恵子は、少し間を置いて、

「私も……何となく分るな」

と言った。「何かが変るような気がする。台風で、どんどん黒い雲が空を流れるのを見ていると……」

「そうだろう。自然の大きな力の前では、人間なんてちっぽけなものだ。ましてや、初めての相手の男が誰だったか、そんなのはどうでもいいことだ……」

遠藤の言葉に、恵子も小さく肯いた……。

12　秘密の生活

「あなた、もういい加減にして寝て下さい」

古田梨江はため息をついて言った。

古田晃一は、ブツブツ文句を言い続けて、

「全く、今の子供は何を考えてるんだ！」

と、何十回も同じセリフを口にして、周囲の人々に眠そうに目をこすらせていた。

「——あなた、もう寝て」

と、梨江は夫をついた。

「ああ……」

古田は毛布をかぶったが、「お前も気付いてたんだろう。相手は？」

「分らないって言ってるじゃありませんか」

「母親のくせに！」

古田は立ち上った。

「どこへ行くの？」

「トイレだ」

古田は大股《おおまた》に行ってしまった。

「すみません」

と、梨江は周囲に謝った。

「いや、まあ、どうせ起きてるしね……」

と、一人が言うと、みんなが笑った。

——古田は、トイレに入って用を足すと、手を洗って、

「恵子の奴……」

と、呟いた。

娘のことは、いつまでも子供のように思っている。

いや、十七歳などというのは、まだ子供だ。それでいて……。

恵子が男に抱かれているところなど、とても想像できない。

　そして、相手が分ったら、きっと一発殴ってやるだろうと思っていた……。

　古田がトイレから出て、大欠伸《おおあくび》していると、

「あの……」

　と、声がした。

「は？」

　古田は振り向くと、「暗くって……。どなたです？」

　女性には違いないが。

「ちょっとお話が」

「何でしょう？」

「娘さんのことで」

「というと……」

「私、相手の男が誰か知っています」

「本当ですか！」

「他の人に聞かれたくないので……。こっちへいらして」

「はあ……」

　体育館の中でなく、廊下の奥へとついて行く。――この声、誰だったかな。

　ますます暗い場所だった。

「おかけになって」

と、女は言った。

「といっても……」

段ボールをつぶしたものが、コンクリートの床に敷いてある。古田はそこに女と並んで腰をおろした。

「――古田さん」

「はあ」

「私、知ってるんです」

「それは伺いましたが――」

「いいえ、あなた自身の秘密です」

「私の？」

「ええ、毎週隣町の駅前に出かけて行って、あなたが何をしているか……」

「どういう意味です」

古田の声はこわばっていた。

この女は誰だろう？

確かに聞き憶《おぼ》えのある声には違いない。だがどこで聞いたのか、分らないのだ。

この町でも最近は古い住宅を取り壊して、アパートにしたりすることが多くなって、その分、町の外から新しく町へ入って来る人間もふえた。

隣の町はここよりかなり大きいので、アパートの家賃も高い。ここならずいぶん安く借りられるのである。

この女もそういう「新しい住人」の一人だろう。ずっと町にいる女なら、声を聞いて分らないということはない。

「男の方は、どうしてもああいう場所へ出入りされるんですよね」

と、女は言った。「私、理解がありますから。別にあなたを責めるつもりはありません」

「さっぱり分らんね。あんた、どうかしてるんじゃないのか？」

「そうでしょうか？」

「大体、あんた、誰なんだ？」

女は笑って、

「まだお分りにならないの？——もうお年齢《とし》ですね」

と言ってから、急に事務的な口調になって、「はい、次の方、どうぞ」

と言った。

古田はハッとした。

「あんたは——歯医者の受付にいる人だな」

「ええ。月に二回、おいでになりますものね」

どんな顔の女だったか、古田はぼんやりとしか思い出せなかった。むろん名前など知らない。

隣町の歯科医で働いている女が、この町に住んでいたことも、もちろん知らなかった。

「あなたが治療の後、よそへ回られるのを、私、たまにお見かけしたんです」

と、女は言った。「でも、あるとき、あなたがバーやキャバクラのある通りへ、こそこそ入って行くところを見かけて――。面白くて、ついて行ったんですよ。そしたら、あなたはバーの裏手へ入って行った。あんな所に何があるんだろうって、ふしぎに思って覗《のぞ》いてみると……」

「やめてくれ！」

古田の声は震えていた。「そんなこと……知らないと言い張れば終りだ。そうだろう？」

「私、あなたがあの地下室へ入って行くのを、三回見ました」

と、女は言った。「ちゃんと写真も撮りましたよ」

「何だと？」

「キャバクラやパチンコならともかく、あそこはまずいでしょう？　奥様にでも知れたら」

「――何が欲しいんだ」

と、古田は訊《き》いた。

「大したことじゃありません。ちょっと今、まとまったお金が必要なんです。百万円あれば……」

「馬鹿言わないでくれ！」

と、古田は反射的に言い返した。「そんな金がどこにあるんだ！」

「どこかで借金でもして。簡単じゃありませんか。奥様にばれて離婚されるより安く上りますよ」

「脅迫するんだな」

「どうおっしゃろうとご自由ですけど、でも未成年の女の子――それもまだ子供みたいな女の子を相手にするより罪は軽いでしょ」

古田のこめかみを汗がツッと落ちて行った。

「――お話しできて良かったわ」

女は立ち上って、「なかなか二人で話せることなんかありませんものね。いい機会だと思って」

「金が……できなかったら？」

と、古田はかすれた声で訊いた。

「警察へ通報します。あそこが手入れされて、常連客が調べられるでしょう」

女は平然と言って、「それじゃ。――百万円できたら、医院の方へ電話して下さいな。二、三日で、とは言いませんが、一週間くらいの内には、よろしく」

女は行きかけて、

「そうそう、娘さんのお相手を知ってると言ったのは嘘です。――娘さんを責める資格はありまして？」

女はちょっと笑うと、行ってしまった。

古田は、唇をかみしめてじっとその場に座っていた……。

それは蟻地獄にも似ていた。

砂漠で、人を呑《の》み込んで何ごともなかったかのように沈黙する流砂とか……。

古田は、昔見た映画で、砂丘を面白がって駆け回っていた男が、突然流砂にはまり込み、必死で助けを呼ぶが、誰にも気付かれないまま、砂の中へ呑み込まれて行くという場面を見て、恐怖に怯《おび》えた。

一瞬で撃ち殺されるとか、高い所から落ちて死ぬとか——。

それだっていやだが、砂にじわじわと呑み込まれるよりも楽に思えた。

いくらもがいても——いや、必死になって抜け出ようとするほど、逆に砂に引きずり込まれるというところが、恐ろしかった。

古田にとって、その「出会い」はごく当り前のささいなことだった。

歯医者へ行って、治療をすませた後、古田はちょっとした「自分の時間」を楽しめることに気付いたのである。

住んでいる町では、どこで飲んでも知った顔に会う。それが、大きな隣町なら、まず心配はない。

初めは、ちょっとパチンコをしたり、スナックへ寄ったりするくらいだった。

そしてあるとき、地下へ下りて行く小さなピンク映画専門の映画館を見付けて、時間つぶしのつもりで入ってみた。

今でも、こんな映画を作ってるのか。

それも驚きだった。

数十人しか入れない映画館には、それでも十人ほどの客がいた。仕事途中の営業マンらしい男とか、眠りに来ているような年寄りとか……。

そして、入ったとき、たまたま上映されていたのが、セーラー服の少女が中年男に犯されるという映画で、もちろん本当の高校生であるわけはないが、しかし童顔であどけないその女優は、確かに「少女」に見えた。

古田は自分でもびっくりするほど、その映画に夢中になった。

少女への欲望？　そんなものが自分の中にあったことを、初めて自覚した。

次の日、古田は口実を作って、また隣町へ出かけ、同じ映画を見た。

体がカッと熱くなり、古田は久々に女への欲望を覚えたのだった……。

古田は五十歳。まだまだ男としての欲望はあるが、四十代半ばになった梨江とは、もう何年もなかった。

古田が暗い映画館の中で、じっとその作られた「少女」に見入っていると、誰かが隣の席に座った。

ガラガラなので、隣に座る必要などない。その男は、古田の方へ、

「どうです」

と囁《ささや》きかけて来た。「本物の少女に関心ありませんか」

古田は無視していた。しかし、内心動揺しているのを見透かしていたのだろう、男はちょっと笑って、

「外でお待ちしてますよ」

と言って、席を立って行った……。

古田は、十分ほどしてその映画が終ると表に出た。

男がピタリと寄り添うようにして、

「すぐ近くですよ。――ご心配いりません。ちゃんとご自分の目で確かめてからで」

「何の話か分らんね」

「まあ、騙《だま》されたと思って。こっちです」

腕を取られて、古田は逆らうでもなく、バーの並ぶ細い道へと連れて行かれた……。


体育館の中へ戻って、古田は梨江の隣の毛布へと潜り込んだ。

「――遅かったのね」

と、梨江が言った。「大丈夫？」

「起きてたのか」

「寝られやしないわ、こんな嵐で」

と、梨江は言って、寝返りを打った。

古田は目を開いて、じっと天井を見上げていた。

あの女——。どこで寝ているのだろう？

古田は今になって、血の気のひく思いに捉《とら》えられていた。

名前さえ知らないあの女は、決して一度ではやめないだろう。

一度、何とかして百万円を工面したとしても、それであの女が黙っていてくれるとはとても思えなかった。

金が必要になれば、またいつでも古田をゆすって来るに違いない。

今さら悔んでも手遅れだ……。

あの男は、高校一年生だという少女に、古田を引き合わせた。

「この子のためなんですよ」

と、男は言ったものだ。「今この子を五万で抱けば、この子も助かるんです。なあに、初めてってわけじゃありません。この子はどうしても金がいる。ね、下手な男に係って、クスリの味でも覚えたらどうなります？　それよりは、あなたのような、普通の方に抱かれた方が、この子も幸せってものです」

甘く、その言葉は古田を捉えた。

もちろん、考えるまでもなく、そんな話はでたらめだ。しかし、古田は納得してしまったのである。

あれから……三人の女の子を抱いた。

一人はまだ十三歳だった。

「畜生……」

と、古田は呟《つぶや》いた。

時間を戻してくれ！　あの映画館の中の暗がりへ、連れ戻してくれ！

そのとき、

「ちょっと、すみません。もう少し向うへ寄ってもらえます？」

と、声がした。

あの声は……。

古田はそっと寝返りを打った。

あの女が——何と、古田からほんの数メートルの所で寝ていた。

すると、妻の梨江が、

「どうかしたの？」

と、女に声をかけたのだ。

「いいえ。隣の方の足が……。もう大丈夫です」

と、女は答えた。

古田は、妻の方へ少し身を寄せると、

「おい、梨江」

と、小声で言った。

「どうしたの？」

「今話してたのは誰だ？」

「え？　――ああ、由加《ゆか》さんのことね」

「由加？」

「新井《あらい》由加さんっていうの。この間、回覧板を持ってみえたときに、ちょっと上ってもらってお話ししたの」

「新井由加さんというのか」

「ええ。とてもいい人よ」

その「いい人」が夫をゆすっているとは、梨江は思ってもみないだろう。

――それにしても、こんな近くにいたのだ！

古田は、あることを思い付いていた。

あの女――新井由加が、二度と金をゆすったりしないようにしてやる。

そうだ。台風の混乱の中でこそ、可能になること。

古田は、割合簡単に決心していた。

今夜の内に、新井由加を殺してしまおう。――古田は急に目が冴《さ》えて来た……。

13 階段の上

「誰もいないな」

章が、ホッとしたように言った。

「安心しちゃだめよ」

と、雅美が章の気持をちゃんと見抜いて、「私たちは、侵入した人間を見付けるために捜索してるの。それが、見付からないって喜んでちゃ仕方ないじゃないの」

「喜んじゃいないよ」

と言い返す口調も弱々しい。

「ともかく一階はくまなく捜したわね」

「どこかに隠れたのかな」

と、須川が言った。

一階の廊下に、三人は立っていた。

「これで一階は見ましたね」

「雅美——」

「次は——あそこです」

雅美は懐中電灯の明りを、二階へ上って行く階段に向けた。

「——二階？」

　と、章が言った。

「ええ、次は二階です」

　雅美が、早々と階段を上り始める。

「待ってくれ！」

　章はあわてて、「三人一緒に行動しよう」

　と、雅美を追いかけて階段を上った。

「やれやれ」

　須川が笑って、「どうやら、一番度胸があるのは女の子のようだな」

　と、階段を上って来た。

「二階はもっと暗いな」

　と、章は言った。

「でも、静かだわ、下に比べると。もし誰かいたら、見付けやすい」

「まあ……そうかな」

「さ、端から調べて行きましょう」

　と、雅美は促した。

「いつまで泣いてるの！」

苛々《いらいら》した母親の声が雨の音に混って聞こえた。

由美《ゆみ》は急いで涙を拭《ふ》くと、

「泣いてないよ」

と言ったが、自分でも泣いていたことは隠せないと分っていた。

「台風が行っちゃえば、お家《うち》に帰れるんだから。——みんな我慢してるのよ。一人でわがまま言わないで」

母、大川正美《おおかわまさみ》は、娘の由美にそういうと、

「おばあちゃんの具合が心配だから、ママはついててあげなきゃいけないの。由美だって分ってるでしょ？」

「うん……」

「じゃ、ちゃんと一人で寝ててね。いいわね？」

由美は黙って肯《うなず》いた。

母、正美は体育館の中へ戻って行く。

由美は、体育館の入口の辺りにじっと立って、窓の外で荒れ狂う嵐を眺めていた。

由美は十二歳の小学六年生である。

この体育館には、ママと、パパのお母さん——由美のおばあちゃんと三人で避難して来た。

パパは東京に出て働いている。

本当なら一家で東京へ行きたかったのだが、おばあちゃんがほとんど起きられないので、パパ一人が東京へ行った。

由美も、もう小さな子供ではない。ママが、おばあちゃんの世話に追われて苛々しているのは分っていた。

おばあちゃんも、元気なころはよく由美と遊んでくれたが、床についてからは、よく文句を言ったり泣いたりして、ママを困らせている。

おばあちゃんは、すぐに東京のパパへ電話して、ママの悪口を言う。するとパパが電話でママを怒鳴りつけ、今度はママが泣くのだった。

由美は、ここ半年ほどの間に家の中が暗く、気詰りになったことを、子供ながら感じていた。たまに帰って来たパパはママを叱りつけ、ママは泣いて食ってかかる。

それを見て、おばあちゃんはすぐ、

「私がさっさと死ねばいいんだね」

と言って泣く……。

由美は毎日家に帰るのが気が重くていやだった。――たった一つ、由美の心を明るくしてくれるのが、子犬のピロだった。

雑種の捨て犬だったのを拾って来て、もう一年余りになる。ピロは由美になつき、由美も学校から帰ると、ピロを連れて外へ飛び出して行くのだった……。

そのピロが……。

台風だから避難するように、と言われた由美は、ピロも当然一緒だと思っていた。しかし、寝たきりのおばあちゃんを車に乗せるだけでも大変で、しかも、みんな自分のことで手一杯なので、誰も手伝ってくれなかったのだ。

「ピロは置いてくのよ！」

ママにそう言われて、由美は仕方なく、

「おとなしく待ってるのよ」

と、ピロへ言い聞かせ、家に残して来た。

そのピロのことが、由美は心配でならなかった。

さっき、お役所の人が、

「土砂崩れがあったらしい」

と言った。

由美は自分の家が、その危険のある辺りだと前から聞かされていたのだ。

ピロが……。もしかしたら、ピロが土砂の下敷になっているかもしれない。

そう思うと、気が気ではなかった。

きっと死んでるに違いない。——そう思えてならなかった。

「ピロ……」

泥に埋もれて死ぬなんて、どんなに苦しいだろう。可哀そうに。

ピロ……。ごめんね。ママがどう言おうと連れて来れば良かったね。

由美は涙を拭いて、体育館の中に戻ろうとした。そのとき――。

「クウ……」

という犬の鳴き声が聞こえたようだった。

「ピロ？――ピロなの？」

由美はキョロキョロと周りを見回したが、どこにもそれらしい姿はない。

でも、あの甘えた声はピロのものだ！

「もしかしたら……」

泥に埋まったピロが、助けてくれと訴えているのかもしれない。その声が由美にだけ聞こえたのだったら……。

きっとそうだ！

由美は窓に顔をくっつけて、じっと目をこらした。――雨は小降りになっていた。

そして風も、さっきほど強く吹いていない。

ピロ！　待ってて！

由美は決心した。ピロを助けなきゃ！

でも、ママに言えば怒られるに決っている。

由美は周囲を見回した。――誰もそばにはいない。

ピロが待ってる！

由美はためらわなかった。外へ出る戸を細く開けて、スルリと抜け出す。

戸を閉めて、思い切って雨の中へと出て行く。靴がないので裸足《はだし》だ。

雨が顔に当ったが、我慢できないほどの強さではない。

由美は、雨と風の中、わが家へと走り出した。

誰か来る。

——暗がりの中に潜んでいた安奈たちは、二階へ上って来る足音にすぐ気が付いた。

「お母さん、誰か来るよ」

「黙ってろ」

と、男が押し殺した声で言った。

女の声がする。——安奈には分った。

琴平雅美だ！　そして、他の声もする。

章……。章だ。

「畜生」

と、男が舌打ちした。「邪魔させないぞ」

まだ章たちはずっと先にいる。

しかし、こっちへ捜しに来るだろう。

「——諦《あきら》めたら？」

と、安奈は男に言った。

「黙れ」

大声は出せない。

しかし、章たちの足音は近付いて来ていた。

男も焦っている。――どうしたらいいか、迷っているのが、安奈にも分った。

「おい！　誰かが出て行ったぞ！」

という声がした。

ちょうど二階へ上ったところだった須川と石尾章、そして琴平雅美の三人は、足を止めた。

「聞こえた？」

と、雅美が言った。

「うん、誰か出て行ったって……」

「誰かしら？　もしかして、ここへ忍び込んだ人？」

「さあ……」

「行ってみましょ」

三人は、階段を駆け下りた。

二階の暗い廊下の奥で、安奈と弥生を脅している男がホッとしていることなど、知るわけもなかった……。

「由美！——由美！」

青くなった母親が、必死で方々を駆け回っていた。

「どうしたんですか？」

と、須川が訊《き》くと、住民の男が、

「いや、この戸が細く開いててね。閉めようとしたら、誰かが雨の中を走って行くのがチラッと見えたんだ」

「この嵐の中を？」

「どうも子供のように見えたんだ」

「それで母親が？」

と、雅美は言った。

「どこなの！　由美！」

と、母親がやって来た。「いないわ！」

「落ちついて下さい」

と、須川は言った。「大川さんでしたね」

「はい……」

母親の声は震えていた。

「娘さんがいないんですか」

「そうなんです……。由美が、ついさっきまで、この辺にいて、外の様子をずっと見ていたものですから」

母親はハンカチを手の中に握りつぶして、しわくちゃにしていた。

それを聞いていた雅美は、

「この嵐の中へ、娘さんが出て行く理由があったんですか？」

と訊いた。

「それは……」

と、母親は口ごもったが、「実はあの子の可愛がっている子犬が……」

「犬？」

「家に残して来たんです。義母《はは》をここへ運んで来るだけでも大変で。とても犬のことまで手が回らなくって」

「その子犬のことを心配していたんですね？」

「一緒に連れて行こうって、あの子は何度も言いましたが、私はつい苛々《いらいら》して、怒鳴りつけてしまい……」

「しかし、たかが犬のことで？」

と、居合わせた男性が言った。「こんな雨と風の中へ出て行かないでしょう」

「そんなことはありません」

と、雅美がすかさず言い返した。「子供にとっては、自分が可愛がっているペットは、兄弟同然です。もし家が水びたしになっていたら、とか、想像するにつけ、心配だったでしょう」

「そうなんです……」

と、母親は涙を拭《ぬぐ》って、「ほんのわずかの手間だったんですから、連れて来てやれば良かった……。ピロがもし泥水にでも流されてしまったら、あの子はずっと私を恨み続けるでしょう」

雅美は、章の方へ目をやって、

「この方のお家《うち》はどの辺り？」

「そうだな……。割合に山に近いから、さっきの土砂崩れでやられてるかもしれないな」

「そんな所に、娘さんが？――由美さんっていいましたか。今いくつですか？」

「十二歳です」

「十二歳か……」

須川が外の様子を見やって、「この風だ。下手をすれば、大人でも飛ばされかねない」

「ああ……。お願いです！　あの子を連れ戻して下さい！」

母親が誰にともなく、くり返し頭を下げる。

「――章」

と、雅美が言った。「私を乗せて来てくれた車を、もう一度出してもらったら？」

章は一瞬詰ったが、

「――そうだな。拓郎の奴に頼んでみるか」

「呼んで来て。私が頼んでみるわ」

雅美の依頼の効果が抜群なことは、すでに立証済である。

しかし、拓郎はすぐにやって来たものの、今度ばかりはそう簡単に承知してくれなかった。

「いや、俺はいいんだよ」

と、拓郎は頭をかいて、「だけど、親父がなあ……」

「どうしてもだめ？」

と、雅美が言った。

「この台風だろ。もし車がやられたら、うちの店にとっちゃ大損害だからな」

どうやら「人のことより車」というわけらしい。

雅美も少し考えていたが、やがて拓郎を見て、

「じゃ、お父様に会わせて。私が直接お願いしてみる」

「ええ？　でも――」

「一刻を争うの。お願い」

「分ったよ」

拓郎は戻って行くと、すぐに頭の禿《は》げ上った、不機嫌そうな男を連れて来た。

「あんたか、拓郎にうまいこと言って、うちの車を勝手に使ったのは」

「松田《まつだ》さん」

と、章が言った。「乗せていただいたのは僕と母です。彼女に責任はありません」

「いや、こんなとき、助け合うのは結構だよ」

と、松田は言った。「しかしね、この嵐の中を出て行くってのは無茶だ。うちのライトバンなんか、横風を食らったら、横転するかもしれん」

「その風の中へ、子供さんが一人、出て行ったんです」

と、雅美が言った。「もし、あなたのお子さんだったら、助けに行かれるでしょ？」

「そりゃあ……。あんたの言うことも、分らんではない。しかし、今うちもあの車がだめになったら、とても買い替える金はない」

「分ります。大切な車だということも」

と、雅美は肯《うなず》いて、「でも、人の命には代えられません。そうですよね？」

「まあ……な」

と、松田は渋い顔で言った。

「でも、いやいや車を出して下さっても、決していいことはありません。快く出して下さらないと。――松田さん、とおっしゃるんですね」

「ああ」

「車を出して下さったら、私、一晩ご一緒します」

誰もが呆気《あっけ》に取られて、章は、

「おい、雅美！」

と、言いかけた。

「前払い分です」

と言うなり、雅美は松田に抱きついて唇に唇を押し付けた。

松田が真赤になって、目をむく。

「――いかが？」

と、雅美が離れて訊く。

松田が胸を押えて、

「呆《あき》れた女だ！――みんなが聞いてるのに、そんなことＯＫできっこねえだろ！」

と、ハアハア息をつく。

それから松田はちょっと笑って、

「分った。今の前払いだけで充分だ。車は俺が運転しよう。嵐の中を走らせるにゃ、こつがある」

「ありがとうございます！」

と、由美の母が涙声で言った。

「おい、拓郎。バンの荷台に、何でもいいから荷物を載せろ。少し重くしないと引っくり返る」

「分った！」

「手伝うよ」

と、章が拓郎と一緒に駆け出した。

二階の暗い教室で、弥生と安奈は下での騒ぎを聞いていた。

「章……」

と、安奈は言った。「凄《すご》いな、あの女の子。私、とってもかなわない」

「大人ね」

安奈は、自分たちへ拳銃《けんじゅう》を向けている男へ、

「あなた警官でしょ。恥ずかしくないの」

と言った。

男は黙っていた。

弥生がたしなめるように、安奈の腕に触れる。

男は何も言わなかったが、安奈の言葉に気を悪くした様子もなかった。

「お母さんはここで待ってて下さい」

と、章は由美の母親へ言った。「家は分ってます。大丈夫ですよ」

「すみません！　どうかよろしく！」

と、母親は手を合わせた。

松田がライトバンをすぐ前に着け、章と拓郎が乗り込んだ。

ライトバンは、視界を遮るほどの雨の中、ライトをつけて走り出した。

「――この雨と風じゃ、とても子供は歩いていられないよ」

と、松田が言った。

「どこかへ隠れてるかな」

と、拓郎が窓の外をじっと見ている。

しかし、章はさっきの雅美の言葉を思い出していた。

子供にとって、可愛がっているペットは兄弟と同じ……。

「きっと、必死で家に向ってる」

と、章は言った。「ともかく急ごう」

町の中を抜けて行くと、

「水が上って来てる」

と松田が言った。「エンジンに入ったら動けなくなるぞ」

道路が水浸しなのだ。――まだタイヤの半分ほどだが、排気孔から水が入って来ると危い。

「――おい、今の!」

と拓郎が言った。

「どうした?」

「ビニールみたいだった。光ったんだ。子供のレインコートみたいだ」

「どの辺だ」

「たぶん……あの軒先辺り」

吹きつける風に、店の看板が外れかけている。その真下に、小さくうずくまった子供らしい姿が見えた。

「そばへ寄って！」

と、拓郎が言った。

ドアを開けて、章が飛び下りる。

「由美ちゃん！」

と呼んで駆け寄ると、ビニールのレインコートにくるまっていた少女が顔を上げた。

「良かった！　迎えに来たよ」

章と拓郎が、由美を抱き上げて車へと運んだ。

「よし、行くぞ」

ライトバンはカーブして、細い脇道へ入って行く。

「親父、大丈夫か？」

「こっちの方が少し高いんだ。水にやられずにすむ」

車は中学校へと走り出した。

「――大丈夫？」

と、章は訊《き》いた。「犬はきっと元気にしてるさ。心配ないよ」

それを聞くと、由美がレインコートの前を開けた。

子犬がヒョイと顔を出して、

「キュー……」

と、かぼそい声を出した。

「何だ！　家まで行って来たのか」

「うん。でも戻る途中で……」

「大したもんだ！」

と、章が笑って、由美の体を抱き寄せた。

ずぶ濡《ぬ》れになった由美が、やっと笑顔になった。

松田のライトバンは、細い裏道を抜けて行った。

「もう少しだ」

と、松田が言った。

「見ろ」

と、章が拓郎に言った。

家の合間に、町の広い通りが覗《のぞ》いて見えている。今そこは茶色い濁流となっていた。

「下の道を通ってたら、完全に車ごと流されてたな」

と、松田が言った。「間一髪だった」

「親父もなかなかやるじゃん」

と、拓郎が言って、松田は、

「馬鹿野郎！」

と笑った。

そのとき、家の窓に打ちつけてあった板きれが一枚、風に吹き飛ばされて、ライトバンに向って飛んで来たのである。

「危い！」

と、章が言ったときには、フロントガラスが砕けていた。板きれが車の中へ飛び込んで来る。

松田が声を上げて、ハンドルを切った。

「親父！」

と、拓郎が叫んだ。

ライトバンは立木に衝突して、大きく飛びはねた。

——一瞬、時間が止った。

衝突のショックで、章も茫然《ぼうぜん》自失してしまっていた。感覚が途切れて、周囲の音も聞こえない。

雨も風も、その瞬間、ストップモーションの画面のように、消えてしまった。

章が我に返ったのは、由美の抱いた子犬の、

「クゥーン……」

という、かぼそい鳴き声が聞こえたせいだった。

「おい！　大丈夫か！」

誰かに向って言ったのではなく、ともかく自分が声を出せること、その声が聞こえることを確かめたのだった。

拓郎の唸《うな》り声が聞こえた。――同時に、激しく叩《たた》きつけて来る雨の音と、吹きつける風の音が聞こえて来た。

「拓郎！」

章は、身をのり出して、突っ伏している拓郎の背中を強く叩いた。

しかし、拓郎は返事をせず、動かなかった。

「おい！　拓郎！」

くり返し呼んだ。足をつかんで引張ってみた。

「うーん……」

呻《うめ》くような声がして、拓郎がやっと身動きした。章はホッとして、

「おい、拓郎！　しっかりしろ！」

と怒鳴った。

「ああ……。おでこをいやっていうほどぶつけた……。畜生」

拓郎が体を起して、「どうなってるんだ……」

「木にぶつかった。——おい、飛び込んで来た板に用心しろ。窓ガラスの破片も」

そう言ってから、章はやっと女の子のことを思い出した。

振り向くと、由美は小さくちぢこまって、じっと子犬を抱きしめて震えている。

「大丈夫？　けがしてないか？」

と、章が訊いた。

「うん」

と、由美は小さく肯《うなず》いた。

「良かった。——おい拓郎、親父さんは？」

「そうだな……。気絶してるみたいだ。——親父、おい」

松田はハンドルに突っ伏すようにして、それでもしっかりハンドルを握っていた。

「大丈夫か？　親父……」

拓郎は父親に向って言った。「おい、目を覚ませよ！」

「待て」

章は車の前の方へ這《は》って進むと、運転席の背もたれ越しに手を出し、松田の肩をつかんで引張った。

松田の上体がゆっくりと起きて、ぐったりと座席にもたれかかる。——章は息を呑《の》んだ。

松田の顔に血が飛び、喉《のど》が裂けていた。

「親父……」

拓郎がポカンとして、「どうしたっていうんだ？」

「拓郎……。フロントガラスに頭を突っ込んだんだ。喉をやられてる……」

「だって……木にぶつかっただけだぜ。——おい、親父！」

章は、ダラリとなった松田の手首を取ると、脈を探した。しかし……。

「——亡くなってる」

と、章は言った。

「嘘だろ」

拓郎は笑った。

「しっかりしろ。もう脈がない」

拓郎は力が抜けたように、ペタッと座り込んだ。

「まさか……」

「ツイてなかったな」

章は拓郎の肩を叩いて言った。「ともかく、車はもう動かない。歩いて中学校まで行こうぜ」

「だって……置いてくのか、親父を？」

「今は仕方ない。ここにいたら、何が飛んで来るか分らないぞ」

「でも……」

「この子もいる。親父さんは、台風が行ってから連れ戻しに来よう」

そう言われて拓郎は、

「そうだ……。そいつのせいだ！」

と、子犬を抱いた由美に向って怒鳴った。「お前がその犬を捜しに来たりしなきゃ、親父は死ななかったんだぞ！」

「拓郎――」

「その犬をよこせ！　俺が首を絞めて殺してやる！」

由美が泣き出した。

「よせ！　拓郎、この子を責めたって仕方ない」

「黙ってられるか！　こんな奴、放《ほ》っときゃ良かったんだ！　自分が勝手に出て来たんだから、勝手に犬と一緒に死ねば良かったんだ！」

拓郎は喚《わめ》きながら泣き出していた。「畜生……。畜生……」

章も何と言っていいか分らず、ともかく拓郎の肩に手をかけた。

そのとき――妙な音が聞こえて来た。

ゴーッという山鳴りのような響き。メリメリという木の裂ける音。

ライトバンがズルズルと横滑りするように動き出していた。

「おい、車を出るんだ！」

と、章は怒鳴った。「急げ！」

拓郎も、車が動いているのに気付くと、急いでドアを開けた。

「おいで！」

章が由美をピロと一緒に抱き上げ、拓郎に続いて車から飛び出した。

ライトバンのぶつかった木が、ねじれるように裂け出していた。

「離れよう！　走れ！」

中学校の方へ向って走ろうとしたが、ライトバンに遮られていた。仕方ない。

章は、由美を抱きかかえたまま、町の中心部の方向へと駆け出した。拓郎も続いた。

そして——ライトバンから二十メートルくらい離れたとき、ドカン、と足下の地面の揺らぐのが感じられて、ハッと振り向いた。

泥と木立と草の混った濁流が、山の側から一気になだれ落ちて来て、ライトバンを呑み込むと、町の通りへと押し流した。

「土砂崩れだ……」

章は、ただ立ちすくんでいるだけだった。

それは、ほんの一、二秒の間に起ったことだった。気が付いたときには、道は完全に土砂でふさがれていた。

激しい雨に濡《ぬ》れながら、二人は呆然《ぼうぜん》と立ち尽くしていた。

「——下りても大丈夫？」

章は、ピロを抱えた由美を、ゆっくりとぬかるんだ地面に下ろした。

「ごめんなさい……」

由美は涙声で言った。

「ああ……。そのことは今はいいんだ。ともかく、どこかに身を隠さなきゃ」

雨と風は相変らずおさまる気配を見せていなかった……。

14　絶　縁

足下を揺らすような地響きがおさまると、

「——今のは何？」

と、大川正美が言った。

「まずいな」

と、須川は言った。

「おい、今のは……」

と、遠藤医師が駆けつけて来た。

「どう思います？」

「あれほどの……。たぶん、土砂崩れだ。それも近いぞ」

「由美……」

正美が祈るように両手を合せて、廊下に座り込んだ。

「町の中だろう、やられたのは」

と、遠藤が言った。「ライトバンで出かけたとか言ってたな」

「ええ」

雅美がケータイを取り出して、「章へかけてみます」

と、発信した。

しばらくして雅美は首を振って、

「つながらないわ」

と言った。

正美が泣き出した。

「——しっかりして下さい」

と、雅美がかがみ込んで、正美の肩を抱くと、「お母さんが信じてあげないと。娘さんはきっと大丈夫ですよ」

「ええ……。ありがとう……」

正美は涙を拭《ぬぐ》った。「私、捜しに行きます」

「いかん」

と、遠藤が言った。「この嵐の中へ出て行く気か?」

「でも、あの子が私の行くのを待ってるかもしれません。——私一人で行きます。ご迷惑はかけませんから」

「それは無理ですよ」

と、須川は言った。「あなたを捜すために、また人が必要になる。二重三重に人が危険にさらされます」

「いいんです！　私のことは放《ほ》っといて下さい。死んでも私の責任ですから！」

「だめですよ、奥さん」

「拓郎さんのケータイ番号、分りますか？」

と、雅美が言った。「章のケータイが壊れているのかもしれません」

「ああ、誰か知ってるだろう」

須川が体育館の中へと入って行った。

激しい雨が叩《たた》きつけて来る。

「このままじゃだめだ」

と、章は由美の手をしっかり握って、「拓郎、どこかの家の中へ入ろう」

「うん……」

拓郎は、父親の死、そしてその父親ごと車を押し流してしまった土砂崩れを目の前で見て、まだ半ば茫然《ぼうぜん》自失の状態だった。

「また土砂崩れがあると危い。——少しでも離れよう」

風に逆らって歩くのは容易ではなかった。

数十メートル進んで、

「この家へ入ろう」

比較的最近建て直した住宅だ。

「だけど……」

「窓を割るんだ」

章は、由美を玄関の軒下へ立たせると、

「ここにいて！」

と言っておいて、家の脇へ回った。

新しい家の窓ガラスは容易に割れないようにできている。花壇を造ってあるレンガを持って来て、力一杯叩きつけた。

何度かやって、やっとひびが入り、次の一撃で粉々に砕けた。

手を入れてロックを外し、窓を開けると、中へ入った。

急いで玄関へ。――ドアを開けて、由美と拓郎を家の中へ入れた。

ともかく、一旦《いったん》は雨と風から逃れた。

居間へ入って、みんなソファにぐったりと身を沈める。

「寒いだろ」

と、章は由美のレインコートを脱がし、「何か着るものがないか、見て来よう」

とはいえ、停電しているから、家の中は暗い。

章は台所へ行って、非常用の懐中電灯を見付けて来た。

「何か捜して来るよ」

と言うと、

「由美も行く」

「そう？　暗いと怖いかな。じゃ、行こう」

由美の腕の中からピロがスルリと抜け出してしまった。

「ピロ！」

「家の中だ。大丈夫だよ」

章は由美の手を引いて、「たぶん寝室、二階だな」

と、階段を上って行く。

「泥棒みたいだね。後で謝っとこう」

と、章は言った……。


暗い居間の中、拓郎は一人ぼんやりとソファに座っていた。

濡れた服の冷たさも、あまり感じない。

風の音、雨の音も、どこか遠い国から聞こえて来るようだった。

ここは……俺の家かな？

暗いな。明り、どうして点《つ》けないんだろう？

拓郎は、土砂崩れや父の死を、ほとんど忘れかけていた。何かあったな、とは思うのだが、はっきり思い出せない。

そうだ。――夢でも見てたんだな、きっと。

そのときどこかでケータイが鳴った。

これ、俺の「着メロ」と同じだ、と拓郎は思った。

「俺のケータイか」

拓郎はポケットを探った。「――はい、もしもし？」

「拓郎君？　良かった！　無事だったのね」

「もしもし……」

「私、琴平雅美。章、一緒にいる？」

「もしもし……」

「もしもし、聞こえる？」

聞こえてはいるけど……。誰だっけ？

「土砂崩れがあったんじゃないかって、心配してたの。大丈夫？」

土砂崩れ……。

クゥーン……。足下を見ると、子犬がこっちを見上げているのが、ぼんやりと見えた。

そうか……。こいつのために……。

「死んだよ」

と、拓郎は言った。

「え？」

「死んだ。みんな死んだ」

「死んだって……。もしもし！」

「車が……流されたんだ。親父も一緒に……行っちまった……」

「拓郎君。しっかりして！　それで――章と由美ちゃんは？」

拓郎は、じっと子犬の方を見下ろしていた。

「――知らない」

「知らないって……」

「どこかへ行ったよ」

「どこへ？　今、あなたはどこにいるの？」

と、雅美が訊《き》く。

「どこかな……。でも、どうせ死ぬんだよ、みんな」

「そんなことないわ！　どこにいるのか言って！」

「むだだよ、こんな嵐じゃ。みんな死ねばいいんだ」

「拓郎君！――もしもし！」

うるさいなあ……。

拓郎は通話を切ると、電源も切ってしまった。

「どうせ……死ぬんだ」

拓郎はかがみ込むと、子犬を抱え上げた……。


「切れたわ」

と、雅美は言った。「電源を切っちゃったみたい」

「自分で？　どうしてだ！」

と、須川は言った。

「土砂崩れで――車が流されたって。拓郎君のお父さんが車ごと……」

「まあ」

正美は息を呑《の》んで、「それで由美は？」

「分りません。拓郎君、放心状態みたいでした」

「しかし、少なくとも彼は生きてるんだな」

「いやに静かで、風の音もしなかったから、きっと、どこかの家に入ってるんでしょう」

「それは正しい判断だ」

「あの言い方……。もしかすると、章たちも一緒かも」

と、雅美は言った。

章にも、ここが誰の家か分らなかったが、幸い女の子がいるようで、可愛いピンクの壁紙の部屋で、由美の着られる服を見付けた。

下着も、少し大きいが何とかなる。

「さ、風邪引くからこれに着替えて」

「うん……」

「大丈夫。僕は部屋から出てるよ」

十二歳といえば、もう女の子といっても……。

章自身も濡《ぬ》れているが、大人の寝室を捜してみよう、と思った。

少しして、由美が出て来た。

「やぁ、良く似合うよ」

と言ってやると、由美は少し照れたように微笑んだ。

「でも……脱いだ服は？」

「そうだな。まとめて下に置いとこう」

由美が丸めて持って来る。二人は懐中電灯で足下を照らしながら、居間へ下りて行った。

「おい拓郎」

と、章は言った。「俺はさっき逃げるときケータイ落としたらしいんだ。お前は？」

拓郎は無表情な目で章を見て、

「俺も持ってない」

と言った。

「そうか……」

試しに家庭用の電話の受話器を上げてみたが、発信音もしない。

「電話線が切れてるんだな」

と、章は首を振った。

「ピロ。――ピロ」

由美が呼んでいた。「ピロ？　どこ？」

暗い中を、ウロウロ捜し回っている。

「由美ちゃん、大丈夫だよ。この家からは出てない。今は真暗で見付けられないよ。明るくなるまで待った方がいい」

と、章は言って、「おい拓郎、お前も濡れてるだろ。今のままじゃ体に悪い。上の寝室で着替えを探してみよう」

「俺はいい」

と、拓郎は言った。

「そうか？　しかし、そのままじゃ……」

「俺は大丈夫だ」

「分った。――俺は上に行って着替えを探すよ。懐中電灯、持って行くぜ」

「うん」

「じゃ、由美ちゃん、ソファに座っておいで。いいね？」

由美が、やや不満げだったが、ソファの方へ戻って行くのを確かめて章はもう一度二階へ上った。

大人の寝室へ入って、着替えの下着を出し、

「お借りします」

と、誰にというわけでなく言葉をかけると、服を脱ぎ始めた。

さっぱりした下着を身につけると、今までどれほど体が冷え切っていたか、実感できる。

「拓郎も、やっぱり着替えた方がいい」

と、章は呟《つぶや》いた。

もう一度、拓郎に言ってみよう。

――この家の主は、明らかに章よりも大分太っていると見え、ズボンも上着も、章には大き過ぎている。

しかし、ぜいたくは言えない……。

ともかく、懐中電灯を手に、階下へ下りて行った。

ソファを照らすと――由美の姿がない。

「おい、あの子、どこに行った？」

「え？――ああ、気が付かなかった」

「そうか。犬は見付かったのか？」

「さあ……。まだじゃないのか」

「そうか……。あの子、トイレにでも行ったのかな」

「ああ、きっとそうだ」

と、拓郎はいい加減な口をきいた。

「拓郎。やっぱり体が冷え切ってるぜ。上に行って、着替えたらどうだ」

と言ってみると、拓郎は素直に、

「うん、そうするか」

「それがいい。この懐中電灯、持ってけ。上の右手の部屋に大人の物がある」

「分った」

拓郎は懐中電灯を手に、居間を出て行った。

居間は真暗になる。

由美のことが気になった。トイレに行ったとしても、こう真暗では……。

立ち上り、ほとんど手探りで居間から出ると、廊下を壁伝いに辿《たど》って行く。

「——由美ちゃん！　いるかい？」

と、大きな声で呼んだ。

返事がない。もう一度、

「由美ちゃん！　返事してくれ！」

風の唸《うな》りだけが聞こえていた。

おかしい……。

ピロという犬も、どこかへ行ってしまったようだ。

居間へ戻ってみた章は、空気が湿っているのに気付いた。——さっき入って来たときよりも、湿気が多い。

居間の中を横切って、庭に面したガラス戸に辿り着く。——手でサッシの部分をそっと触れて行くと、ロックが外れている。

そして——足下が濡れていた。

雨が降り込んでいる。つまり、ここを開けたということだ。

懐中電灯の光が居間へ入って来た。

「拓郎、女の子と犬をどうした？」

と、章が訊《き》くと、拓郎は足を止めて、

「知るか」

「ここを開けたのか？　そうなのか」

拓郎は肩をすくめて、

「あいつが勝手に出てったのさ」

と言った。

章は愕然《がくぜん》とした。

「出てったって？　この嵐の中へ？」

「犬を捜しにな。いいじゃねえか。可愛い犬と二人で心中すりゃいいんだ」

「拓郎……。お前、犬を――」

「ああ。犬をとっ捕まえて、外へ放り出してやった」

「何てことするんだ！　あの子まで――」

「待てよ。あの女の子は俺が放り出したんじゃない。好きで出てったんだ」

「この嵐の中で……。死んじまうぞ」

「それがどうした！」

と、拓郎は叫ぶように言った。「あいつが犬なんか捜しに行ったばっかりに、親父は死んじまったんだぞ！」

「拓郎……。お前の気持も分るけど、だからって、女の子を死なせていいって言うのか」

「どうせ死ぬのさ。――俺たちみんな」

「よせ。おい、懐中電灯をよこせ」

章は拓郎の手から懐中電灯を引ったくり、ガラス戸を開けた。

風と雨が叩《たた》きつけるように顔に当る。

「由美ちゃん！」

章は暗い庭へ明りを向けながら、精一杯大声を出した。「由美ちゃん！　どこだ！」

照らせるのは、ほんの一部分でしかない。

章は必死で、

「由美ちゃん！」

と、くり返し呼んだ。

庭へ下りる。サンダルが引っくり返っていたのを手に取ってはくと、風によろけそうになりながら、庭の中を動き回った。

まさか、庭から外へは出ていないだろう。

たちまち全身ずぶ濡《ぬ》れになる。

名前を呼んでも、この風と雨の中では聞こえないだろう。

ともかく、懐中電灯を方々へ向ける。由美が気が付くかもしれない。

風で木立の枝が折れる音がした。

そのとき、「キャンキャン」と、甲高い子犬の鳴き声が聞こえて来た。

「どこだ！」

と見回すと、軒下に小さくうずくまっている由美が明りの中に浮かび上った。

「由美ちゃん！」

章は駆け寄った。

由美は胸もとに子犬をしっかり抱きかかえていた。

「大丈夫か！」

軒下にいても、この風雨では全く変らない。

「さあ、中へ入ろう」

と、由美の肩を抱いて言うと、由美は激しく首を振った。

「――どうしたの？」

「だって……あの人が、『犬なんか死んじまえ』って……。また外へ捨てられる」

「僕がついてる！　大丈夫だよ」

「でも――」

「あいつはお父さんを亡くして、どうかなってるんだ」

「私がいけなかったのね」

「さあ、中へ入ろう」

章は由美を風からかばうようにして、ガラス戸を開け、中へ押し込んだ。

自分も上ってガラス戸を閉め、息をつく。

「おい、拓郎！――拓郎？」

ソファを照らすと、拓郎の姿はなく、ただポツンとケータイが置いてあった。

「あいつ……」

ケータイを手に取ると、電源を入れた。とたんに鳴り出す。

「もしもし」

「良かった！」

「雅美か？」

「章？　章なのね！」

「ああ。今、どこかの家に入ってる。由美ちゃんも一緒だ」

「まあ！——大川さん、由美ちゃん無事ですって！」

ワーッと泣く声が聞こえた。

「章、そこ、どの辺り？」

「町の真中辺りだが、山側で少し高い所だ。下の通りは川になってる」

「大丈夫かしら？」

「さあ……。山がまた崩れなきゃいいけど」

と、章は言って、「拓郎の姿が見えないんだ。捜してみる」

「分ったわ。助けに行った方が良ければ——」

「途中が土砂崩れでやられてるんだ。ともかく、また連絡するよ」

「このケータイにかけて」

「うん」

「章……。無事でね！」

と、雅美は言った。

15　使命

「ともかく良かった」

と、須川が言った。

「でも、小さい子もいるし、大丈夫かしら」

と、雅美は不安げである。

「しかし、この雨と風の中だ。それに土砂崩れでやられてるといったんだろ?」

「ええ。――助けに行く方が危険かもしれませんね」

雅美は、窓越しに外を見ていたが、「ひどくなってる。山がまた崩れたら……」

「しかし、どうしようもないよ」

遠藤医師がやって来て、

「不安と緊張で、体の不調を訴える者が出て来ている。誰か医務室で手伝ってくれんか」

と言った。

「何かしている方がいいんですよね」

と、雅美は言った。「でも、私は――章を救いに行きたい」

「この嵐の中をか? とんでもないことを考える奴だな!」

と、遠藤が言った。

「無茶は承知です。でも、ここでじっとしてる方が辛《つら》いわ」

「君はいつも冷静でいるじゃないか。そんなことをすれば、他に犠牲者が出るよ」

と、須川は言った。

「じゃ、須川さん、行って下さる?」

「僕が？」

「ええ。――罪滅ぼしに」

須川はちょっと詰った。

「君……」

「冗談です。ごめんなさい。行くときは、黙って一人で行きます。心配しないで」

雅美は真剣な口調だった。

「君は――章君のことが、そんなに好きなのか」

須川の問いに、雅美はすぐには答えなかった。しばらく窓を揺って吹きつける風と雨を見ていたが、

「須川さんの娘さんも、章のこと、好きなんですよね」

と言った。

「安奈が？　そうなのかな。父親にはよく分らない」

「別に、安奈さんと取り合う気はありませんけど、ただ、今章を失うかもしれないと思ったら、急に命をかけても助けに行きたくなって……」

「そうか」

「私、本気で章のこと、好きだったんだって初めて分りました。今、初めて」

「君は――大人だね」

「人を信じないように育っただけなんです。でも、章は別な気がする。章のことは信じて

いるような気がします」

「それが人を愛するってことかもしれないね」

「男を真剣に愛することなんて、ないと思ってた」

雅美は、細かく震える窓ガラスにてのひらを当てた。

須川は雅美を見ていたが、

「もし、助けに行くのなら、僕も行こう」

と言った。

雅美はびっくりしたように須川を見て、

「本気ですか？」

「もちろんだ。君一人で行かせたら、万一のとき、寝覚めが悪いよ」

雅美は須川をしばらく見ていたが、やがてフッと口もとに笑みを浮かべた。

須川と雅美の会話は、階段の上にいた安奈たちにも聞こえていた。

「お父さんが……」

安奈は母の手を握った。

「——おい」

と、男が言った。「俺が行くと言ったら？」

「え？」

「助けにだ。――警官だからな」

「本当に？」

「俺がどうしてここへ来たか、黙っててくれるか。ずっとじゃない。俺が戻るまでだ」

安奈は弥生と顔を見合せた。

「私は信じます」

と、弥生は言った。「こんなときに嘘をついても仕方ありませんものね」

「お母さん……」

「よし」

男は弥生の手錠をはずし拳銃《けんじゅう》をしまって、「俺は下へ行く。お前たちは、俺が外へ出てから下りろ。今言ったこと以外は何でも話していい」

「うん……」

と、安奈は肯《うなず》いた。「章を助けて」

「ああ、やれるだけのことはやる」

男はちょっと笑って、「とんでもない晩に来ちまったもんだ」

そして、ごくさりげなく、当り前の足どりで階段を下りて行く。

「お母さん……」

「待ちましょ。約束は約束よ」

弥生はそう言って、穏やかに安奈の肩に手を置いた。

「失礼」

足音に気付かなかったので、須川と雅美はびっくりして振り返った。

「あんたは？」

と、須川が訊《き》く。

「金原《かねはら》といいます。駅前の交番に勤務している巡査です」

「ああ、そうか」

須川は肯いて、「制服でないと分りませんね」

「今、お話が耳に入って」

と、金原は言った。「この嵐の中、出て行くのは、女性には無理です」

「でも――」

「私が行きます。もしよろしければ、須川さんのお力をお借りして」

「もちろんですとも」

「車を使いましょう。歩いて行くのは大変です」

と、金原は言った。「どの車にするか。選んで、持主の方から貸していただくことにしましょう」

「なるほど」

「車を見に行きます」

「僕も一緒に」

と、須川は言って、雅美の方へ、「心配しないで。若い女性に危い思いはさせたくない」

雅美は、二人が外へ駆け出して行くのを見送った。

「――誰だ、今のは？」

遠藤医師がやって来て言った。

「金原さんといいました。お巡りさんだとか……」

「ああ、そうか。ここにいたのか？　気が付かなかった」

雅美は他のことが気になっていた。

暗いから、よく見えなかったのだが、金原のズボンが汚れているようだったのだ。

ずっと中にいたのなら、あんなに汚れないような気がする。

「――まあ、この状況だ。どこに誰がいてもおかしくないが」

と、遠藤が言った。

「でも、私も行きます」

と、雅美は言った。「そちらを手伝う方は見付かりました？」

「うん、何人か申し出てくれた。こっちは大丈夫だ」

「私、ちょっとお茶をいただいて来ます」

雅美は体育館の中へと入って行った。

「章が……。そうですか」

章の母、石尾涼子が肯いた。「あの子は自分のしたいようにする子ですから」

と言った。

「私、町へ行ってみます」

と、雅美が言うと、

「いけないわ。あなたを行かせて何かあったら、後であの子に叱られる」

と、涼子は雅美の手を取った。「ここにいてちょうだい。ね？」

雅美は微笑んだ。

「私もしたいようにする人間なんです」

と言った。「大丈夫です。ちゃんと一緒に戻って来ます」

「まあ……。どうしても？」

「ええ。――ちゃんと戻って来たら、私を家族だと思って下さいね」

「もちろんよ。気を付けて」

「はい」

雅美は、涼子の手をギュッと握ると、立ち上って体育館の出口へ戻った。

「――車のキーを借りた」

と、金原が言った。

「一緒に行きます」

雅美は平然と言った。「何なら運転しましょうか？」

「本当に行く気か？」

と、須川が言った。

「ええ」

と、雅美が肯く。

「人手は多い方がいい。行きましょう」

と、金原が言った。「今、ビニールのカッパを持って来てもらいます」

役所の男が、たたんだビニールのカッパを持って来た。

「これでいいですか」

「うん。――これを着て。雨がまともに当るよりはいい」

雅美は白いビニールのカッパを着た。

「土砂崩れがあって、道がふさがれてるって言ってました」

と、雅美は言った。

「ゴム長靴はあるか？　ない？　じゃ仕方ない、自分の靴で行こう」

「はい」

雅美は、金原、須川の後について、風雨の中へ飛び出して行った。

カッパを着てはいるが、雨が体に痛いような勢いで当る。顔にも雨が当って、前を見るのが大変だった。

ともかく、車へ辿《たど》り着いて乗り込むとホッとする。

金原がハンドルを握り、須川は助手席、雅美は後ろの席に座った。

「行けるところまで行きましょう」

と、金原はエンジンをかけて言った。

車のライトの中を雨が矢のように光っている。車は動き出した。

風に車体が揺れる。

「凄《すご》い」

と、雅美が呟《つぶや》いた。

「ああ。風の力は恐ろしいもんだな」

と、須川は言った。

車は学校の敷地から外へ出た。

「章は、下の道は川になってると言ってました」

「じゃ、裏の道で行くしかないですね。水の中は走れない」

しかし、道が分れるよりも手前から、道に水がかぶり始めていた。

「このくらいの水なら何とか……」

と、金原はゆっくりと車を進めた。

車は坂を上って、水から何とか脱《ぬ》け出した。

しかし車のライトに浮かび上る道路も、水浸しでないにしても、山の方から流れ落ちて来る水が道の表面を町の側へと流れていた。

「これは……山が崩れてもおかしくない」

　と、金原が言った。

「予報では、朝まで止まないと」

　と、須川が言った。「また土砂崩れが起るかもしれないな」

「実は――心配なんですよ」

　と、金原が言った。

「何のことです?」

「あの中学校です。むろん高台にはありますが、背後に山がある。あの山が崩れたら、あそこがやられかねない」

　雅美は息を呑《の》んだ。

「それじゃ、町中の人たちが……」

「といって、どこへ逃げるかという問題があります」

　と、金原は言った。「あそこ以外に、大勢が避難できる場所はない。それに、この風雨の中を、年寄りもいるのに移動するのは無理でしょう」

「でも、もし本当に山が崩れたら……」

「もちろん、そんなことは万に一つでしょう。ただ――こんなひどい雨は、少なくとも私の記憶では初めてです」

「確かに」

と、須川も肯《うなず》いて、「そもそも、土砂崩れなんて、話には聞いていたが、本当に起ったのは見たこともない」

「それが起ってるんですから」

と、雅美は言った。「山が崩れることだって……」

「しかし、どうしようもありませんよ」

金原はそう言って、「町の中へ入って来ましたが……」

ブレーキを踏む。

「どうした？」

「前が真暗です」

ライトの中に、何か黒い影が見えていた。ライトが照らしても、それは光を吸い込むかのように、真黒なままだった。

「何だ？」

「――土砂です。山の土だ。真黒な土が道をふさいでる」

じっと前方へ目をこらすと、雅美には見分けられた。

道に、黒い土が盛り上っていた。

「何か白い物が突き出てません？」

と、雅美は言った。

「あれはたぶん——家の柱です」

「家？　家があったんですか？」

「ええ。すっかり押し流されてる」

雅美はさすがにゾッとした。

どんな恐ろしい力だろうか。家を一軒、跡形もなく押し流してしまうとは。

「——この先は車では行けませんね」

「どうします？」

と、須川が言った。

「引き返すか、それとも歩いて進むか」

「この土砂を乗り越えて？」

「危険ですが、もし越えるなら、泥に足を取られないように、何か板のような物を渡す必要があります」

須川は迷っていたが、雅美が口を開いた。

「行きましょう。そのために来たんですもの！」

その力強い言葉に、須川は微笑んで、

「確かにその通りだ。行ける所まで行こう」

と言った。

安奈と母の弥生が階段を下りて行くと、

「おい、どこにいたんだ？」

と、遠藤医師が目をみはった。

「二階です」

と、弥生は言った。

「そりゃ、見れば分るが……」

と、遠藤は言いかけて、「じゃ、知らないんだな。今、ご亭主は出て行ったぞ、この嵐の中を」

「知ってます」

と、安奈は言った。「章を助けに行ってくれたんですよね」

「ああ……。知ってたのか」

「何も訊《き》かないで下さい」

と、弥生は言った。「疲れたんです。少し休ませて下さい……」

「ああ、もちろん。――医務室へ行くか？」

「いえ、体育館の中で大丈夫です」

弥生はそのまま黙って会釈すると、歩いて行った。

安奈は少し迷ったが、そのまま残った。

「――どうしたんだ」

と、遠藤が訊く。

「私たち、上で……」

と、安奈が口を開きかけると、

「先生！　年寄りが貧血を起してるようですが」

と、町の住人の一人が駆けつけて来た。

「分った」

遠藤は一緒に行ってしまった。

安奈はなんとなく拍子抜けして、突っ立っていた。

そこへ、

「安奈！」

と、古田恵子が駆けて来た。

「恵子……」

「心配したよ！　今、お母さんが戻って来たから、びっくりして」

「ごめん。二階にいたんだ」

「二階って……。何してたの？」

「うん……。色々あって」

とても、すぐには説明できなかった。

「章君が……」

「うん、知ってる。――あの雅美さんが助けに行った。うちのお父さんと」

「ともかく、もうどこにも行かないで」

恵子が、しっかり腕を絡めて来る。安奈は胸が熱くなった。

「ありがとう。心配してくれて」

「当り前でしょ！」

恵子は安奈を引張って、医務室へ向った。

「どうするの？」

「あそこにいると息が詰って」

「そうか」

「少し息抜きしたい」

「いつまで続くんだろうね」

と、安奈が言った。

そのとき、奇妙な音が聞こえて来た。

「――あれ、何だろ？」

と、安奈は言った。

「外だね」

窓から表を覗《のぞ》いた二人は、校庭に濁流のような泥が流れ込んでいるのを見て、言葉を失った。

16 危機

弥生は、横になったものの、眠れなかった。

この嵐だ。眠れなくても当然というものだが……。

しかし、今の弥生は、嵐のせいで眠れないわけではなかった。

二階で経験した恐怖のせいでもない。

いや、今の弥生は、すべての感覚が麻痺《まひ》してしまったようだったのである。

章を助けに行った夫のことも、どうでもよかった。

台風が、どこを吹き飛ばし、何を押し流しても、構わなかった。

ともかく——今は、何も考えたくなかった。ただ、一人で放っておいてほしかった。

本間が死んだ。

その事実が、ようやく身にしみて感じられて来た。

二階で、あの金原という男に銃を突きつけられ、安奈もやって来たので、本間の死を一時的に考えられなくなっていた。

しかし、今こうしていると……。

体育館で、すぐそばには本間の妻、ユリエが寝ている。弥生はやっと現実に引き戻されたのである。

本間と新しい生活を始める。——そんな夢は泡のようにはじけて消えた。

でも、もともと分っていたような気もする。たとえ弥生が本気で本間と逃げようとしても、果して本間はついて来てくれただろうか？

弥生は今になって、心の底で本間を信じ切れていなかったことに気付いた。

きっと、いざとなったら、

「俺は……やはり行けないよ」

と言い出したのではないか。

弥生はユリエの背中を見た。

この妻を捨てて、本間は出て行けただろうか。

本間が妻をもう愛していなかったことは分っている。

「もう何年も手を触れてないよ」

と言っていた。

もっとも、浮気する男はたいていそう言うものらしいが。本間はどうだったのだろう？

それに——結婚して何十年もたてば、どんな夫婦も、「愛しているかどうか」なんて、考えもしないのではないか。

弥生は思い出していた。

本間と、ひそかに愛を交わした、数えるほどの時間を。——この小さな町で、人目につかずに会うこと自体、至難のわざである。

特に、弥生の夫は勤めに出ていて昼間は留守だが、本間は自宅が店である。いつも家にいて、妻のユリエも家にいる。

そんな状況の中で、どうやって会うのか。――わずかな機会は、本間が品物の仕入れに隣町へ出かけるときだった。

平日の昼間なら、夫も安奈もいないから、弥生も外出できる。

それでも時間をずらして、弥生は早い時間に隣町へ行き、本間を待つ。本間は車なので、どこへ停めるかも難しい。隣町には二人を見知っている人も少なくないのだ。

国道まで出れば、車で入れるホテルがあるが、あまり帰りが遅くなるとユリエが怪しむだろう。

二人の逢引《あいび》きの場所は、空家だったり、放置された工事現場のプレハブだったりした。どこも見付からないときは、本間の狭い車の中で抱かれた。

たぶん――そのやるせなさと苛立《いらだ》ちが、二人を駆け落ちに踏み切らせたのだろう。

だが――それも今は幻と消えた。

もう、弥生には何の希望もなかった。明日のことなど、どうでもよかった。

夫は、あの河井麻美という女と愛し合っている……。

「馬鹿らしい……」

と、口に出して呟《つぶや》いた。

夫に女がいると分っていたら、遠慮なんかすることはなかった。昼間、家で本間と愛し合っても良かったのに……。

ああ、もうやめよう！

死んでしまった本間を、いくら思い続けても空しい。

そして、弥生は初めて思った。——誰が、本間を殺したのだろう？

あの人を、殺すほど恨んでいる人間がいたなんて……。弥生には考えられなかった。

ハサミで殺された、ということは、犯人は女だということだろうか。

「まさか……」

本間に、「他の恋人」がいた？

そんなはずはない！　あの人はそんなに女にもてるようなタイプじゃなかった。

では、なぜ殺されたのか？

——人の気配がした。

「須川さん」

傍らに、膝《ひざ》をついている女がいた。

「あ……。大川さん」

弥生は起き上った。

「すみません、おやすみのところ」

大川正美は言った。「ひと言、お詫《わ》びしたくて」

「どうして？」

「ご主人が――うちの娘のせいで、この嵐の中へ」

「ああ……。由美ちゃんでしたね」

「はい。申し訳なくて、私……」

「そんなこと。主人は自分で行きたくて行ったんです」

「でも……」

「心配しないで下さい。きっと、みんな無事に帰って来ますよ」

「そうおっしゃっていただけると……」

正美は涙を拭《ぬぐ》った。「――石尾さんのところの章君も、無事でいてくれるといいですけど」

「いい子ですね」

「ええ。確か、お宅の安奈ちゃんと……」

と言いかけて、「あの――ガールフレンドはいるみたいですけどね」

「色々ありますわ。男と女のことは、他の人間には分りません」

「ええ……。そうですね……」

と、正美は肯《うなず》いた。

「あの……」

と、弥生はふと何気なく言った。「本間さんが殺されたこと……」

「ええ、恐ろしいですね！　もしかしたら、この中に――」

と言いかけて、正美は小声になり、「この中に、犯人がいるかもって……」

「そうらしいですね」

「まあ……いつかそんなことになるんじゃないか、って思ってましたけど」

と、正美が言ったので、弥生は当惑した。

「それって、どういうことですか？」

「え？　あ、本間さんのことでしょ？」

「ええ、あの……奥さんがそこに」

「あ、いけない。気が付きませんでした」

「ちょっと……」

弥生は立ち上ると、正美を促して、体育館の入口の方へと向った。

廊下へ出ると、

「本間さんのこと、何かご存知なんですか」

と訊《き》いた。

「いえ、あの……噂ですけど、あの方、ちょっと……女ぐせが悪いというか」

「本間さんが？」

弥生は思わず笑い出しそうになった。「だって、あの方……。全然もてそうにないじゃありませんか」

「そんなことありませんよ。色々、噂はあったんです。見た目がパッとしないので、却《かえ》って女性が安心して近付けたんじゃないでしょうか」

「本間さんが……。でも、奥さんに、あんなに頭が上らなくて」

「いつも、奥さんに叱られてばかりだったでしょう？　でも、それで女の人は同情したんですよ。本間さんも、それをちゃんと分ってて」

「じゃあ……本間さん、恋人がいたってことですね」

「私の知ってるだけでも三人くらい……。もちろん一度浮気しただけっていう人もいますけど」

弥生は、正美の話に驚かなかった。驚かない自分が、意外だった。

やはりどこかで、そう疑っていたのかもしれない。

「そうですか。――ごめんなさい、妙なことを訊いて。由美ちゃん、早く戻って来るといいですね」

「ありがとうございます」

と、正美はハンカチで汗を拭った。

「お母さん！」

そこへ、安奈がやって来た。

「安奈、どうしたの？」

「今、校庭を見て、びっくりしたの」

「校庭がどうかしたの？」

「見て」

窓に顔を近付けて、弥生はじっと目をこらした。

暗い中で、よく分らないが、何かが動いているようだ。

「見える？　泥なんだよ」

「泥？」

「流れて来てるんだ。山から」

「まあ……」

遠藤医師が、

「何を呑気《のんき》なこと、言っとるんだ！」

と、怒鳴っているのが聞こえた。

「しかしですね、こちらとしては、指示がないと……」

「状況を報告して、指示を仰げ！　こんなことになってるってことが、本部じゃ分っとらんのだろう」

「それはそうですが……。一応、朝まで待てと言われてますから」

「その状況が変ったんだ！　ともかく、山から土砂が流れて来とると知らせろ！」

「はあ……。分りました」

役場の男が、渋々という様子で体育館の中へ戻って行く。

「――全く！　役人ってやつは、言いつけられたことを守るしか能がない！」

と、遠藤が怒っている。

「安奈」

古田恵子がやって来た。「先生、教室の窓の下にも泥が来てます」

「そうか。まさかとは思うが、この裏の山が崩れたら、体育館も校舎もひとたまりもないぞ」

「山が崩れるなんて、そんなことが？」

と弥生は訊いた。

「土砂崩れは起り得る。――ここから逃げることも考えんとな」

「でも、先生。どこへ逃げるの？」

と、恵子が訊いた。

「それが分れば苦労はない」

遠藤が難しい顔で腕を組む。

弥生は窓の外をもう一度眺めた。

「――章たち、大丈夫かな」

と、安奈が呟《つぶや》くように言った。

嵐は、激しい雨と共に、まだ弱まる様子はなかった……。

「いつまでかかるんだろうね、台風が通り過ぎるのに」

と、古田恵子が疲れたように言った。

それはまるで生活に疲れた大人のような口調だった。

「ラジオのニュースを聞いたが」

と、遠藤医師が言った。「台風はゆっくりとしか進んでいないらしい」

「でも、普通は上陸するとスピードが速くなりますよね」

と、安奈は言った。

「普通はそうだ」

と、遠藤は肯いて、「しかし今度の台風は、行手を高気圧に遮られて、ノロノロとしか動けないんだそうだ」

「ひどいなあ……」

と、恵子は眉《まゆ》をひそめて、「私たち、何も悪いことしてないのに」

理屈にはならないが、安奈にも恵子の気持ちはよく分った。

「ともかく、裏山のことが心配だな」

と、遠藤は言って、腕組みをすると、じっと窓の外をにらみつけた。

「――どうした」

と、声がして、恵子は振り向くと、

「お父さん。どうしたの？」

古田晃一が立っていたのである。

「いや、こんな有様じゃ、眠れやせんじゃないか」

と、古田は言った。「何かあったのか」

恵子が、校庭に泥が流れ込んで来ていることを話すと、古田は外を覗《のぞ》いて、

「――そうか。暗くてよく見えないが」

「ここから逃げると言っても、どこへ行けばいいか分らんしな」

と、遠藤が言った。

「全くですな。しかし、本当に危険なら、役場の方で何か考えるでしょう」

「それはあてにならん。いざとなったら、自分で身を守るしかないな」

遠藤は難しい顔で言った。

「自分の身は自分で、か……」

古田はそう呟くように言って肯《うなず》くと、恵子へ、「少し横になっとけよ」

と言って、体育館の中へ戻って行った。

「――ああ、びっくりした」

恵子は胸に手を当てた。

「お父さん、もう怒ってないみたいじゃないの」

と、安奈は言った。

「分んないよ。後になって、また急に怒り出したりするんだから」

と言いながらも、恵子は少しホッとしている様子だった。

「おい、何か変ったことがあったら、知らせてくれるか」

と、遠藤が言った。

「はい。ちゃんと見てます」

と、安奈は言った。

「医務室にいる。頼むぞ」

遠藤が急ぎ足で廊下を奥へと向った。

「――何か思い付いたみたいだね」

と、安奈は言った。

「うん……」

恵子は不安げに窓の外へと目をやった。

校庭に泥が……。

古田晃一は、体育館の中に入ったものの、すぐには自分の「寝床」には戻らなかった。

入口に近い片隅に腰を下ろして、ほの暗い体育館の中をじっと見ている。

そうだ。――これはチャンスかもしれない。

危険はあるにせよ、山が崩れて来ることなど、まずあるまい。

しかし、泥が大量に流れ込んで来たら……。

おそらく、大混乱になるだろう。その中で、泥に呑《の》まれて死ぬ者がいても、おかしくはない。

そう、たとえば女が一人死んだって、誰もふしぎに思わないだろう……。

そのとき、古田は女が立ち上がるのを目にとめた。まさか、と思った。

しかし、間違いない。あの女だ。新井由加に違いなかった。

古田のこれからの人生を陰の中へ押しやるに違いない女。

新井由加は、トイレに行くのだろう、体育館の奥の方へと歩いて行った。

これは「運命」だ。俺に与えられた使命なんだ。

古田は立ち上がった。

手にライトは持っていても、激しい雨と風の中、道を真っ直ぐに進むだけでも容易ではなかった。

「そろそろ町の真中辺りのはずだ」

と、須川が大声で言った。

「章、どこにいるのかしら。ケータイにかけてみます。通じるといいけど」

ケータイを取り出しても、雨が吹きつけてくるので、ボタンを押すことができない。

「須川さん、かける間、雨ガッパに入れてくれます？」

「ああ、分った。ライトを当てておいてあげる」

「お願いします」

須川のカッパの下へ潜り込むようにして、雅美はケータイのボタンを押し、発信した。

お願い……。つながって。

祈るような思いで耳に当てる。——長い間があったような気がして、つながらないのかと思ったとき、呼び出し音が聞こえた。

つながった！

「もしもし」

「章？　今、近くへ来てるの。どの家？」

「雅美——。出て来たのか？　無茶しやがって！」

「ともかく来たんだから！　何て家？」

「分らないよ。白い家だ。割合広い」

「どの辺かな……。ね、ライトを窓に当てるから、見えたら言って！」

雅美の話を聞いていた金原が、手にしたライトを近くの家の窓へと当てて動かして行った。

「——見えた！」

と、章が言った。

「そこだわ！」

と、雅美は叫ぶように言った。

「玄関へ行く」

「うん」

――三人は、その家の玄関へと駆けて行った。

中からドアが開く。

「章……」

「大丈夫か？　ともかく中へ」

雅美、須川、金原の三人が玄関へ入って、ドアを閉めると、ホッと息をついた。

「由美ちゃんは？」

「うん、居間にいる。――よく来られたな」

雅美が、須川たちの目も構わずに、章を抱きしめてキスした。

「若い人はいいね」

と、須川が笑って、「この家にいても安全とは言えない。車の所へ戻って、学校へ行こう」

「車は？」

「土砂の向うだ」

「危いことして来たんだな」

と、章は雅美に素早くキスすると、「しかし、拓郎がいないんだ」

「どこへ行ったの？」

「分らない。父親が死んで、投げやりになってる」

「捜してみよう」

と、金原が言った。「家の中じゃないのか？」

「分りません。あの子がいるんで、捜しにも行けず」

「じゃ、僕が家の中を捜して来る。ともかく居間で待っててくれ」

金原はライトを手に廊下を進んで行った。

「——あの人、誰だ？」

と、章が言った……。

雅美は、居間のソファで子犬を抱いて座っている由美を見付けると、

「見付かったんだ！　良かったね」

と、頭を撫《な》でた。「でも、お母さんがとっても心配してるわよ」

「ごめんなさい……」

「いいのよ。——もう大丈夫。でも雨の中を歩かなきゃいけないから、その犬をしっかり抱いててね」

由美がコックリ肯いた。

金原は、手早く二階まで見て回り、居間へやって来た。

「家の中にはいない」

「あいつ……。どこに行ったんだ」

と、章が首を振った。

「仕方ない」

と、須川が言った。「時間がたてば、あの車も流されてしまうかもしれん。我々だけで戻ろう」

「そうですね……。外を捜せる状況じゃないし」

「一度だけ庭を」

章は居間の奥のガラス戸を開けると、「拓郎！　いるのか？」

と、大声で呼んだ。

雨が吹きつけて来る。

「拓郎！　学校へ戻るぞ！」

と、力一杯の声を出す。「いるのなら、出て来てくれ！」

少し待ったが、返事はない。

「――仕方ないな」

章は戸を閉めて、雨に濡《ぬ》れた顔を拭《ぬぐ》った。

「行きましょう」

と、雅美は言った。

「その子は僕が抱いて行く」

と、須川が言った。「子供には足下が悪すぎる」

「ええ」

須川が由美を抱き上げ、玄関へと向った。

「キャッ！」

と、雅美が声を上げた。

ライトの中に、全身ずぶ濡れになった拓郎が立っていたのである。

「拓郎！　どこにいたんだ？　さあ行くぞ」

章はそう言って、「何してる」

拓郎の手には、台所から持って来たらしい包丁が握られていた。

「行かせるもんか！」

と、拓郎が言った。「みんなここで死ぬんだ！」


ハンカチで手を拭《ふ》きながら、トイレから出て来た新井由加は足を止めて、

「――ああ、びっくりした。誰かと思いましたよ」

「眠れなくてな」

と、古田は言った。

「それにしても、ひどい台風ね」

と、由加は顔をしかめた。

「――ちょっと聞いたんだがな」

と、古田は声をひそめて、「ここも危いってことだ」

「危いって？」

「裏山が崩れたら、ひとたまりもない」

「まさか」

と、由加はちょっと笑った。

「いや、本当だ」

「でも——それだったら、何か言われてるでしょ」

「逃げる場所がない。いざとなったら、生きるか死ぬか、運次第だな」

「本当に？」

「校庭に、もう土砂が流れ込んで来てるんだ。見てみるか？」

「そんなこと……」

「一緒に来てみろ」

と、古田は促した。

新井由加は、ためらって足を止めていた。

それを分ってはいたが、古田晃一は構わず歩いて行った。由加を連れ出したい、という気持が見えてしまったら、怪しんでついて来ないかもしれない。

古田は、体育館のもう一つの出入口の方へと歩いていた。——小走りな足音が追いかけて来て、

「待って下さいよ」

と、由加が並んだ。「校庭に出たらびしょ濡れになるんじゃ？」

「大丈夫。ちょっと覗《のぞ》くだけだ。それに、長いひさしがある」

「そうですか」

由加は渋々ついて来た。

——体育館の裏口にあたる戸は、もちろん閉って、カンヌキがかかっていた。しかし、錠はついていない。

やったぞ、と古田は思った。

カンヌキを力を入れて抜くと、戸をそっと開けた。ヒューッと風の鳴る音がした。

「怖いわ。やめましょう」

と、由加が言った。

「ちょっと覗くだけだ。本当に危険なら、どこかへ逃げないとな」

「それは分ってますけど」

「お前はここにいろ。俺一人で見て来る」

と言って、古田は戸をすり抜けられるくらい開けると、外へ出た。

たちまち風と雨が吹きつけて来た。

「行きますよ」

由加も出て来て、「雨が顔に……」

「仕方ないさ。雨が当ったくらいじゃ死なないよ」

そこは校庭そのものではないが、向きとしては問題の裏山に向いている。

「――何も見えないわ」

「明りがないからな。――そっちが明るい」

非常灯が、体育館の外側に取り付けてあって、灯《とも》っている。その光が、わずかに辺りを照らしていた。

「明りの方へ行ってみよう」

と、古田は言って歩き出した。

「待って。置いてかないで！」

心細くなったのか、由加がついて来る。

置いてくもんか。――心の中で古田は呟《つぶや》いた。

ひさしはあるが、横なぐりの風雨にはほとんど役に立たない。

「ワッ！」

と、思わず声を上げた。

「どうしたんです？――キャッ！」

「足が潜っちまう」

いきなり、ズブズブと泥の中へ足首まで呑《の》み込まれてしまったのだ。

「どうするの？」

と、由加が心細い声を出す。

「ゆっくり行こう。――校庭にどれくらいの泥が流れ込んでるのか……」

一歩ずつ進むのが大変だった。

泥から足を抜くのに一苦労である。

そして、やっと少し目も慣れて来ると――。

「こいつは……」

古田は一瞬、息を呑んだ。

泥が、目の前を埋め尽くしていた。

今、足を突っ込んでいるのは泥の先端の部分で、数メートル先では盛り上って一メートル近くも深さがありそうだった。

「――どうなってるの？」

由加も呆然《ぼうぜん》としている。

「泥が流れ込んで来てる。このままじゃ、体育館も危いぞ」

「そんな……」

由加が、おそらく無意識の内に古田の腕をつかんでいた。

古田は、目の前の様子に気を取られて、一瞬、何のためにここへやって来たのか、忘れていた。腕にギュッと食い込む由加の指。それが、古田に思い出させた。

「中の人に知らせた方がいいわ」

と、由加が言った。「こんなことになってるなんて、みんな知らないのよ」

声が震えている。

「怖いのか」

と、古田は言った。

「怖いわよ！　あなたは怖くないの？」

と、上ずった声になる。

「いや、怖いとも。しかし、怖がってもむだだ。特に君はな」

「私は、って？　どういうこと？」

「怖がる必要なんかないってことだ」

と、古田は言った。「どうせ、ここで死ぬんだからな」

「え？」

雨と風で、よく聞こえなかったらしい。

古田は由加を見ると、両手をその白い首にかけた。

17　絶望の果て

「拓郎、馬鹿はよせ」

と、章が言った。「一緒に行こう。な、このままここにいたら、いつまた土砂崩れが起るかもしれないんだぞ」

「いいじゃないか」

と、拓郎はひきつったような笑いを浮かべて、「いっそ、アッという間にすべて終らせてくれるなら」

「な、やめてくれ」

と、章が進み出ると、「ともかくその包丁を下ろしてくれ」

「近付くな！」

と、拓郎が包丁を振り回した。

「分った！　分ったからやめろ」

と、章は急いで言った。

そのとき、無気味な地響きが聞こえて来た。

「——山かな」

と、須川が言った。

「急いで戻らなくては」

と、金原が言った。「——もしかすると、学校も危いかもしれないんだ。すぐ戻って調べないと」

「学校も？　そいつあ面白いや！」

と、拓郎がヒステリックに笑った。

「山が崩れて、あの体育館ごと呑み込んじまえばいいんだ！　親父だけが死ぬんじゃ不公平だからな！　そうじゃないか？」

「ごめんなさい」

と、由美が言った。「私がピロを助けに来たから……」

「もういいさ」

と、拓郎は言った。「その子犬も、お前も一緒に死ぬんだ。仲間だぜ。なあ、仲良く天国へ行こう」

拓郎の目は、まともでない光を帯びていた。

「話してもむだだ」

と、須川は言った。「君は死にたきゃ勝手に死ね。しかし、この子たちを巻き添えにしないでくれ」

「行かせないぜ」

と、包丁を構えて、拓郎は玄関の上り口に両足を踏んばって立つ。「さあ、来てみろ。心臓を一突きだ」

拓郎は声を上げて笑った。しかし──。

激しく耳を打つ爆発音。

拓郎の笑い声が途切れた。そして、拓郎の体はその場に崩れ落ちるように倒れた。

「拓郎──」

みんなが振り向いて、愕然《がくぜん》とした。

金原が両手で拳銃《けんじゅう》をしっかり握って立っていた。うっすらと煙が銃口から漂い、銃身の熱さまで感じられるようだった。

「――撃ったんですね」

と、章が言った。

「これで良かったのよ」

と、雅美が言った。「さあ、早く行きましょう！」

「そうだ」

と、須川も肯《うなず》いて、「今は議論してるときじゃない。一刻も早く逃げないと」

みんな、倒れた拓郎の上をまたいで玄関へ下りた。

「行くぞ」

と、須川が言った。「車へ無事に辿《たど》り着けるといいが」

ドアを開けると、とたんに風と雨が一同を押し戻しそうになる。

「我慢して！」

と、須川は由美を抱き上げた。「さあ、行こう！」

須川と由美、そしてピロ。続いて章と雅美が、そして最後に金原が外へ出た。

ライトが風で揺れる中、雨は銀色の矢のように降り注いでいた。

ズシン、という音がして、体に感じられる震動があった。

安奈と恵子は顔を見合せた。

「――何かしら、今の？」

と、恵子が言った。

「この体育館に何かがぶつかったみたいね」

安奈はそう言いながら、自分で恐ろしくなった。「もしかして……」

「いやだわ！」

と、恵子が声を上げる。

「見に行く？」

「でも……」

ともかく、二人は体育館の中へと入って行った。

二人とも、章たちが無事に戻って来るのを待って、体育館の入口の辺りに立っていたのである。

体育館の中は、意外なほど静かだった。

ただ、何人か、やはり今の震動で目を覚ましたものだろう、起き上って周囲を見回している人がいた。

「今の物音、何だろうね」

と、誰にともなく話しかけている。

「――安奈」

「もし、何かあるとしたら、裏手の方だわ」

「行ってみる？」

「外を回らなきゃいけないの？」

「いえ、この体育館、裏口があるはずよ」

「恵子、そんなこと、よく知ってるわね」

「私、一度先生に頼まれて、バレーボールが足りないからって、一緒に取りに行ったことがあるの」

　と、恵子は言った。

「じゃ、行ってみよう」

「こっち」

　恵子が先に立って、体育館の奥へと向う。その途中で、

「恵子」

　と、母親の古田梨江が呼び止めた。

「お母さん、どうしたの？」

「お父さんを知らない？　いないのよ」

「知らないよ。トイレじゃないの」

「そう……」

恵子は構わず進んで行った。

「――戸が開いてる」

と、恵子は、体育館の裏口から風と雨が入って来ているのを見て言った。

「誰か出てったのかな」

と、安奈は言った。

「どうする？」

「うん……。濡《ぬ》れるだろうけど、仕方ないよ」

「そうだね」

「私が先に出る」

と、安奈は言って、戸の開いた隙間から顔を出したが、「ワッ！」

雨が顔に当って、思わず声を上げる。

「安奈、大丈夫？　誰か男の人、呼んで来ようか」

「でも、せっかくここまで来たんだから――」

安奈は手で顔に当る雨をさけつつ、外へ出た。

真暗で、何も見えない。――照らすものもなかった。

そのとき、一瞬、辺りが青白い光で染め上げられた。雷だ。

安奈は目を疑った。

山が目の前にあった。いや、それは真黒な土砂で、体育館に押し寄せて来ていた。

今は動いていないが、またいつ新たな土砂が流れて来るか分らない。

安奈は戸口の中へ戻って、息をつくと、

「土砂がぶつかったんだ」

と言った。「ここも危いよ」

「どうする？」

「役場の人、呼んで来よう。それと、遠藤先生にも知らせて」

「そうだね」

安奈はハンカチで顔を拭《ふ》いた。

「でも、この雨と風の中で、どこへ逃げればいいんだろ？」

と、恵子が言った。

「分んないけど、ともかく早く――」

と、安奈が言いかけたときだった。

戸がガタッと揺れて、誰かが――全身、泥にまみれた人間が現われた。安奈と恵子は、一緒に、

「キャアッ！」

と、声を上げていた。

「助けて……」

女の声だった。見たところでは、男か女かも分らない。

「助けて……」

くり返すと、女はバタッと床へ倒れた。

安奈と恵子は、しばらく身動きもできずに寄り添って立ちすくんでいた。

「――誰だろ」

やっと恵子が言った。

「分んないけど……。ともかく遠藤先生を呼んで来よう」

「うん」

と、肯き合ったものの、二人ともすぐには動けなかった。

「――恵子、遠藤先生、呼んで来て。私、ここにいる」

「分った」

恵子はホッとした様子で、駆け出して行った。


「足を止めるな！」

と、風雨の中、須川が怒鳴った。「はぐれるなよ！」

「僕が最後についてますから！」

金原が後ろから応じた。

由美を抱いた須川を先頭に、章と雅美はしっかり手を握り合って進んでいた。そして金原が続く。

章たちが隠れていた家を後にして、二、三十メートル進んだとき、ズシン、という地響きが足下を揺がした。

「――家が」

と、雅美が言った。

たった今までいたあの家が、跡形もなく、土砂に呑《の》まれて消えていた。

「急ごう！」

と、須川が言った。「また崩れて来るかもしれない！」

雨と風に逆らって、足どりは速くなった。

「死」の恐怖が、ついそこまで迫っているという実感が、全員をせき立てた。

「――車は？」

と、章が言った。

「あの土砂崩れの向うだけど。――渡れるかしら」

と、雅美が言った。

「あそこだ！」

と、須川が言った。

車を阻んだ土砂の山が見えて来た。

ライトで照らすと、土砂を乗り越えるために渡した板はなくなってしまっていた。

「このままじゃ渡れない。また何とか板を捜して道を作らないと」

「捜して来ましょう」

と、金原が言った。

「私たちも！」

と、雅美が言った。「須川さん、由美ちゃんをお願いします」

金原と、章、雅美の三人は、手近な家の玄関へと駆け込んだ。

金原が拳銃《けんじゅう》でドアの鍵《かぎ》を撃って壊し、中へ入る。

「引き戸があったら、どんどん外そう」

と、金原が言った。「襖《ふすま》は踏み抜くと却《かえ》って厄介だ」

「手分けして、使えそうな物を玄関へ」

と、章が言った。

固定されたドアは簡単には外れない。ともかく外せる戸板は次々に外して運んだ。

「雨戸が外れる！」

と、章が叫んだ。

「いいぞ！」

古い家屋なので、昔風の木の雨戸が使われていた。

三人は次々に玄関に雨戸を積み上げて行った……。

「大丈夫だ」

と、遠藤が言った。「気を失っているだけだ。——しかし、泥がこんなに押し寄せているとはな」

泥まみれだった女性の服を脱がし、毛布で体をくるんだ。

「——この人、誰？」

と、恵子が言った。「知らない人だ」

「歯医者で働いてる女だ」

と、遠藤が言った。「名前は知らんが」

「でも、どうして外に出てたんだろ」

と、安奈は首をかしげた。

「分らんな」

と、遠藤は肩をすくめて、「それより、今は全員がどうすればいいかだ」

「あの土砂は……」

「うむ。山から流れ出したにしろ、幸い、ここを押し流すほどではなかった。しかし、更に大量の土砂が押し寄せて来る恐れはある」

そこへ、役場の男性がやって来た。

「——どうですか、その人？」

「命に別状ない」

と、遠藤は言って、「それより、この体育館のことだ」

「それが……。どうしても幹部と連絡がつかないんです」

「上司が決めるのを待ってるつもりか？」

「そうおっしゃられても……」

と、役場の男性は困惑した様子で、「我々が勝手に判断するわけにはいきません。後で何と言われるか……」

遠藤は諦《あきら》めたように、

「全く！——もう頼まん」

「怒らないで下さい。僕だって心配ですよ。でも、この嵐の中、どこへ逃げるって言うんです？　むしろ、出て行った方が危いかもしれません」

「ここが押し流されたら、町民全部の命がないんだぞ」

「でも、もし無事だったら？　勝手に避難させた責任を取らされますよ」

「その責任は俺が取る」

と、遠藤が言った。「それならいいのか？」

「そんなわけにいきません。僕としては、この嵐がおさまるのを待って——」

「もういい」

と、遠藤は遮った。

「大丈夫ですよ。いくら何でも、この体育館が……」

と、ブツブツ言いながら、戻って行ってしまう。

「どうするんですか？」

と、安奈が訊《き》くと、遠藤は、

「ともかくみんなを起こして、冷静に話をすることだ」

と言った。「間に合えばいいがな……」

須川たちの行手を遮っている土砂は、激しい雨で泥となって流れ出していた。

「戸板を渡しても、沈んじゃうんじゃないか？」

と、須川は言った。

「やってみるしかないですよ」

と、金原が戸板を一枚、土砂の上に置いた。

「さあ、戸板を次々に置きながら進む。大きめの石の辺りに置くから、ついて来て」

「よし、ぐずぐずしちゃいられん」

須川は雅美へ、「君がこの子を抱っこしてくれないか。板を何枚も抱えているより楽だろう」

「いえ、由美ちゃんは須川さんが」

と、雅美は首を振って、「私なら大丈夫。こう見えても、結構力あるんです」

「分った。じゃ、先に行ってくれ。戸板を渡して進むんだ」

「はい。章、行こう！」

金原が先頭になって、一枚ずつ戸板を前へ置いて、土砂の上を進んで行った。

章と雅美が金原に次の戸板を渡す。

足の下で、戸板は泥の中へズブズブと沈んで行った。少しでも速く前へ進むしかない。

「おっと!」

戸板が傾いて、須川は危うく由美を落としそうになった。

「大丈夫ですか!」

雅美が須川の腕をつかむ。

「——大丈夫だ。行け」

土砂の幅は、七、八メートルでしかないが、そこを越えるのは、永遠に思えるほど遠く感じられた。

それでも全員が何とか渡り切って、肩で息をついた。

ライトの中に車が見えた。

「やったぞ! 車がある」

須川の声が弾んだ。

車に乗り込むと、誰もが数秒間、言葉もなかった。雨と風が、一時的にせよ遠ざかったのだ。

「——さあ、学校へ戻るぞ」

と、金原が運転席で言った。

エンジンがかかって、車が身震いすると、

「私、車って大好き」

と、雅美が言った。

一旦《いったん》、バックして、車は学校へと走り出した。

「雅美、ありがとう」

と、章が言った。

雅美は何も言わずに、章を抱き寄せてキスした。

「——どうしたの？」

由美がピロを抱いて、ふしぎそうに、キスしている二人を眺めていた。

18　決断の時

「おい！　みんな、起きてくれ！」

遠藤医師の大きな声は、体育館の中によく響き渡った。

大体、こんな状況である。ぐっすり眠っている者は少ないからだろう。すぐにみんな起き上った。

「大事な話がある！　みんな、こっちへ集まってくれ！」

みんな戸惑いながらも、ゾロゾロと遠藤の方へやって来た。

　すると、

「困りますよ！」

役場の男が駆けつけて来て、「勝手にそんなことをされては！」

　と、遠藤を止めようとする。

「俺が責任を取るからいいだろう」

　と、遠藤は言ったが、

「そういう問題じゃありません！　ここは僕が任されてるんですから――」

　と言いかけたところへ、遠藤は拳《こぶし》を固めて男の顎《あご》に一発食らわした。

役場の男が大の字に引っくり返って気絶してしまった。

「凄《すご》い！」

　と、安奈と恵子は同時に叫んだ。

「うるさい奴だ」

　と、遠藤は右手を振って、「びっくりさせてすまん！」

呆気《あっけ》に取られている町の人々へ、遠藤は山の土砂が、この体育館の外まで押し寄せて来ていることを説明した。

「――もし、大規模な山崩れが起ったら、この体育館はひとたまりもあるまい。私としては、どこか山から離れた場所へと避難した方がいいと思う」

　みんな、顔を見合せている。突然のことで、どう受け止めていいのか分らないのだろう。

　しばらくざわついた後、女性が一人、おずおずと手を上げて、

「でも――どこへ逃げるんですか？」

「それはこれから考える」

　と、遠藤は素直に言った。「それに、外はまだひどい嵐だ。この雨と風の中を、どこへ行くか。確かに問題だ」

　遠藤は全員を見渡して、

「しかし、この体育館がやられたら、おそらく一人も助かるまい」

　全員がシンと静まり返った。遠藤は、殴られてのびている男の方を見て、

「この役場の男は、ここに朝までいようと言っている。そうしたいと思う者もいるだろう。しかし、危険がある以上、少しでも安全な場所へ移動する方がいい、と私は思う」

　男が一人立って、

「お話はよく分ります。ただ、うちは寝たきりの母がいて、この嵐の中、どうやって連れて行けばいいのか……」

　と、途方に暮れたように言葉を切った。

「車で来た者はどれくらいいる？」

　という遠藤の問いに、何人かが手を上げる。

「老人や体の悪い者は、車で運ぼう。町の方は道がふさがれているらしい。それに山から離れるには、町の外へ向うしかない」

「道は大丈夫でしょうか？」

「これから見に行く。――何だ？」

遠藤の腕を、安奈がつついたのである。

「今、恵子が……」

「何だって？」

「あの……」

恵子は、少し口ごもりながら、「町の向うの川を渡った所に、以前採石場だった所が……」

「ああ、そういえばそんなものがあったな」

「あそこは山から離れてない？」

「うむ……。建物はどうなってたかな」

「ちゃんと残ってます。しっかりしてるし……」

安奈は、恵子がどうしてそんなことを知っているんだろう、と思って、すぐに思い当った。

男だ。――恵子が「体験」した相手と、きっとそこで会っていたのだ。

「なるほど」

遠藤もすぐに恵子のことを察したらしいが、もちろん何も訊かなかった。「道が大丈夫なら、あそこまで大してかからんな。まず、道の状態を見て来よう。みんな、いつでも出られるように、仕度をしておいてくれるとありがたい」

そして、遠藤は付け加えて、

「車で、道の状態を見に行ってくれる者はおらんか」

と、呼びかけた。

しかし、みんな顔を見合せるばかり。

「——よし、俺が行く。その代り車を貸してくれ」

と、遠藤が言ったとき、体育館の入口辺りにライトが動いた。

安奈は目ざとく気付いて、

「車だ！」

と、駆け出した。

恵子が追いかける。もちろん、由美の母親、大川正美も走っていた。

「——由美！」

「ママ！」

初めに体育館に入って来たのは、由美だった。正美が娘を抱きしめてワッと泣き出した。

二人の間に、ポトッと落ちたのは、ピロだった。

「まあ！　ピロも一緒だったのね！」

正美は、続いて入って来た須川や章たちの方へ、「ありがとうございました！　本当に何と言っていいか……」

「いや、無事で良かったですよ」

と、須川は言った。「ともかく、ずぶ濡《ぬ》れですから、着替えさせてあげて下さい」

「はい！　由美！　行きましょ」

「ピロも濡れてる」

「そうね。タオルがあるわ。拭《ふ》いてあげましょうね」

母と子は、犬と一緒に体育館の奥へと入って行った。

「章……」

と、安奈は言った。「帰って来てくれたね！」

「当り前だ」

と、章は微笑んだ。

「危機一髪だったけどね」

と、雅美が言った。

「町の中はどんな様子だ？」

と、遠藤が須川に訊《き》いた。

「どんどん家がやられています」

と、須川は言った。「その内、もっと大規模な山崩れが起るかも……」

「実は、ここが危い」

と、遠藤は言った。

それを聞いた章が、

「何かあったのか？」

と、安奈に訊いた。


「恵子……」

母親の古田梨江が、オロオロしながら、「お父さん、見なかった？　いないのよ」

「え？　だって……」

「トイレも見に行ったわ。いなかった」

「じゃあ……どこだろ？」

「ここから逃げるったって、お父さんを放って行けないよ」

「探してみるよ」

「ねえ、どこへ行くったって、外へ出て行くわけないんだし……」

——章は、安奈の話を聞くと、

「俺も見て来よう」

と、急いで体育館の中を突っ切って行った。

「——安奈」

母の弥生が安奈を呼び止めた。

「お母さん、支度しないと」

「あの人は？」

母の言っているのが、金原のことだとすぐに分った。

「章たちと一緒に戻って来たよ」

「でも……どうするのかしらね」

「今は仕方ないよ。ともかく逃げないと」

「そうだけど……」

安奈も不安なのは同じだ。しかし、今は流れて来る土砂のことを考えなければ……。


「台風の動きはどうだ？」

と、須川が言った。

「ゆっくりしているようですね」

と、金原がラジオのニュースを聞いて、「午前中一杯はかかるようですよ、この辺りを通過するのは」

「畜生！　さっさと行っちまえばいいのに」

と、章がペットボトルのお茶を飲んで言った。

体育館の外の廊下で、遠藤医師も加わって何となく同じメンバーで「対策会議」になっていた。

「裏を見て来たけど、凄《すご》い量の泥です」

と、章は言った。

「うん、俺も見た」

と、金原が言った。「今でもかなりの圧力が体育館にかかってるとみていい」

「やはり避難だな」

と、遠藤は腕組みして、「ともかく車で川向うの採石場の跡を見に行って来よう」

「車、運転しましょうか」

と、金原が言った。

「ありがたい！　俺はあまり運転せんのでな」

「さっきの車は水に強い。ガソリンの量を確かめて、大丈夫ならあれで」

「運ぶとなれば、まず病人、年寄だな」

「大勢いますか？」

「いや、そうでもない。ただ、さっき泥にやられた女が一人」

「泥に？」

「うん。何をしていたのか、当人がまだ話せん。隣町の歯医者で働いてる女だ。名前は知らんが」

一瞬、金原の顔がこわばった。——誰もそれに気付かなかった。

「——どうなった？」

と、安奈が体育館から出て来て訊いた。

「これから採石場へ行ってみるって」

と、章が言った。「どうかしたのか？」

「恵子が……。お父さんがいないって、捜してるけど」

「古田さんが？」

「うん。トイレにもどこにもいないんだって」

「まさか――外へは出ないだろ」

「だと思うんだけど……。恵子のお母さんが泣いてて」

「避難するときまでに見付からないと大変だな」

「そうなの。もし、校舎の中の別の場所にいたら、とっても捜してる暇がない」

その間に、遠藤はビニールのカッパを着て用意をして、

「いいぞ、出かけよう」

と、金原を促した。

だが、金原は心ここにあらず、といった様子で突っ立っている。

「おい、どうした」

と、遠藤がもう一度声をかけると、ハッとしたように、

「すみません。ちょっと――めまいがして」

と、金原は額に手を当てた。

「そうか。無理かな、車は」

「僕が運転しましょう」

と、須川が言った。

「そうか。すまんが頼む」

「申し訳ありません」

と、金原が須川の方へ言った。

「いやいや、相当疲れてるんですよ。少し横になって休むといい」

須川もカッパを着ると、「じゃ、早速出かけましょう」

「うん」

「気を付けて」

と、章が言った。

「みんなに早く支度するように言ってくれ」

と、遠藤は章に言ってから、戸を開けて風雨の中へ出て行った。

須川がすぐに続く。章は戸を閉めて、

「——一向に雨も風もおさまらないな」

と言った。

安奈は、金原が廊下を〈診療所〉の方へと歩いて行くのを見送っていた。

「あの人……どうかしたの」

と、章に訊く。

「拓郎を撃った」

「え？」

安奈は息を呑《の》んだ。

「だめよ、そんなことしゃべっちゃ」

雅美がやって来ていた。

「撃ったって……。どうして？」

「仕方なかったんだ」

と、章は言った。「あいつ、どうかしちまってた」

「あの人が撃たなかったら、みんな死んでたわ」

と、雅美は言った。「あれは正しい判断だった」

「うん、それは分ってる」

と、章は肯《うなず》いて、「でも、やっぱり撃った当人にとっちゃ、重いよな」

「さあ、支度の手間取りそうな人を手伝いましょう」

と、雅美は言った。

章と雅美が体育館の中へ入って行く。安奈もそれに続こうとしたが……。

何となく金原のことが気になった。

金原が、なぜここへ来ているのか。章にもいきさつは話していない。

「会わなきゃならない女がいる」

と、金原は言っていた。

会って？——それからどうするつもりだろう？

ただ会うだけなら、あんな風に忍び込んだりしなかったはずだ。

でも、章たちを助けて、無事に連れ戻してくれたのも確かである。——そう。今は忘れていよう。ともかく今はここから安全な場所へ逃げることだ。

安奈は、体育館の中へと入って行った。


車は急ブレーキをかけて停《と》まった。

「どうした？」

と、助手席の遠藤が訊《き》く。

「今、橋が……」

と、須川は言った。「ライトの中で動いて見えたんです」

「動いただと？」

「見て来ます」

「俺も行く」

二人は車のライトを点《つ》けたまま、町外れの川にかかる橋へと駆けて行った。

「こいつは……」

と、須川が言葉を呑み込む。

普段、細々と底の方を流れている川が、巨大にうねる大蛇のように、濁流となって橋へ押し寄せていた。

泥を含んだどす黒い流れは、橋のすぐ下にまで達している。

「こいつはいかん」

と、遠藤が言った。「橋がもたんぞ」

ただの川の流れではない。流木や岩を押し流して来て、橋にぶつけている。

鉄骨の橋は、見た目にはっきり分るほど揺れていた。

「――どうします?」

と、須川が言った。

「下見などしておられん。一刻も早く、この橋を渡ってしまわなくては。橋が流れたら、町から外へ出られなくなる」

「確かに」

「学校へ戻ろう。ただちに避難だ」

二人は車へ駆け戻ると、Uターンさせて、学校へと走らせた。

その間にも、橋はミシミシと音をたてながら、左右に揺れ続けていた。

「お母さん……」

と、恵子がため息をつく。

「当り前でしょ」

古田梨江は頑として言い張っていた。「お父さんが帰って来ないのに、ここから逃げ出せるわけがないわ」

「だけど……。どこにいるか、捜してる暇ないんだよ」

と、恵子が言うと、

「あんた一人で逃げなさい。私はここでお父さんを待ってるから」

梨江は毛布の上にきっちりと正座した。

「もう……。安奈、何とか言ってよ」

しかし、安奈だって自分たちの荷物をまとめなくてはならない。

「どうしたんだろうね、お宅のお父さん」

と、安奈は言った。

「あの人が私たちを見捨てて行くはずはないわ。――安奈ちゃん、この子をお願い」

「お母さん……」

と、恵子が仏頂面になる。

そのとき、体育館へ遠藤と須川が入って来た。濡《ぬ》れたカッパのままだ。

「あれ？　もう戻って来た」

と、恵子が言った。

「聞いてくれ！」

と、遠藤は大声で言った。「町から出るところの鉄骨の橋が、川の流れが強いんで、押し流されてしまいそうだ。一刻も早く渡ってしまわんと、間に合わないかもしれない」

人々がざわついた。

「――支度したか」

と、須川がやって来て言った。

「うん、大体」

「すぐ出るぞ。かさばる物は置いて行く。命が第一だ」

遠藤がさらに大声で、

「まず病人、年寄、子供を車へ乗せて行く。他の者はカッパを着て歩くんだ。急いで支度しろ！」

突然切羽詰った雰囲気になって、人々はあわてて動き出した。

「私はいやよ！」

と、古田梨江は上ずった声で叫んだ。「お父さんを待ってるわ」

そのとき、体育館の中へ駆け込んで来たのは河井麻美だった。

「お父さん」

と、安奈が須川をつつく。

「うん？――河井君、どうかしたのか？」

「私は何とも」

と、河井麻美は言った。「〈診療所〉に男の人が――」

「金原さんですね。お巡りさんです」

と、安奈が言うと、

「お巡りさん？　でも、様子がおかしかったの。泥だらけになってた女の人――新井さんっていったわ。あの人に用があるみたいだった」

と、河井麻美は言った。「新井さんって人、男の人を見て、『ここで何してるの？』って叫んでた」

そのとき、鋭い銃声が体育館の空気を震わせた。

一瞬、誰もが凍りついた。

「何だ、今のは！」

と、怒鳴ったのは遠藤医師だった。

「銃声では？」

と、須川が言った。

「銃だと？　それじゃ――」

と、遠藤が言いかけたとき、バタバタと足音がして、

「助けて！」

と、叫びながら新井由加が体育館の中へ駆け込んで来た。

みんなが息を呑んだ。新井由加の左腕が血で真赤に染まっていた。

「どうした？」

と、遠藤が由加を抱き止めると、

「殺される！　あの人に」

由加が遠藤にしがみつく。

「あの人とは――」

「金原よ！」

と、由加が叫ぶと同時に、当の金原が体育館の戸口に現われた。

拳銃《けんじゅう》を手にして、金原も肩の辺りから出血していた。

「助けて！」

由加が遠藤のかげに隠れた。

「みっともないぞ」

と、金原が言った。「死ぬときぐらい、潔くしろ」

「やめて！　殺さないで！」

「おい、どういうことだ」

と、遠藤が金原へ言った。「あんたは警官だろう」

「元警官だ」

と、金原は訂正した。「その女のために、証拠品として押収した麻薬を盗み出したんだ」

「何だと？」

「この台風が過ぎれば、俺は逮捕される。その女を放っちゃおけないんだ」

「でたらめよ！　こいつの言うことを信じないで！　私に振られて恨んでるから、そんな嘘を――」

「見苦しいぞ！」

金原は銃口を由加に向けて、「俺も一緒に死んでやる」

「誰が死ぬもんですか！」

「どいて下さい」

と、金原は遠藤へ言った。「あんたがかばうほどの値打ちのない女だ」

「ともかく待て」

と、遠藤は言った。「今は一刻を争う。橋が流されそうなのだ。すぐ避難しないと、取り返しのつかないことになる」

「どうぞ行って下さい」

と、金原は言った。「俺とその女を残して。後は二人で決着をつけます」

「そうはいかん。全員で逃げよう。個人の恨みはその後の話だ」

そのとき、思いがけないことが起きた。

遠藤に殴られて気を失っていた役場の男が立ち上ったのである。

もちろん、何が起っているのか、まるで分っていなくて、

「ただじゃすませないぞ！」

と、遠藤の方へ言った。

金原が、その男の方へバッと振り向く。

同時に章が飛び出していた。金原に向って体当りすると、二人はもつれるように倒れた。

須川がそれを見て駆け出す。しかし、金原は拳銃を放さなかった。

「危い！」

と、安奈は思わず叫んだ。

章が金原の手首をつかんだ。銃声が体育館の中に響く。

しかし、金原はやはり警官である。章の手首を左手でねじって倒すと、

「来るな！」

と、須川の方へ叫んだ。

金原は銃口を章の頭へ向けている。須川は足を止めて、

「分った！　分ったからその子を撃つな！」

と言った。

「撃つもんか」

金原は章から離れた。立ち上った章へと安奈が駆け寄る。

「章！」

「大丈夫だ」

と、章は肯《うなず》いて見せた。

金原は油断なく拳銃を構えて、

「さあ。これ以上人は撃ちたくない。みんな早く出て行きなさい」

と言った。

そのとき、

「恵子！　どうしたの！」

と叫んだのは、古田梨江だった。

びっくりして安奈が振り返ると、恵子がお腹を押えて床へ倒れるところだった。

「恵子……」

「まあ、恵子――。血が出てる！」

梨江が上ずった声で言った。

遠藤が駆け寄った。

「流れ弾だ。――出血しているが、弾丸は脇腹をかすめただけだ。大丈夫」

「でも、先生――」

「応急手当をして、そのまま出発する。いいな？」

梨江は肯いて、

「分りました」

と、恵子を抱き寄せる。

「みんな仕度を急げ！」

と、遠藤は怒鳴った。

「先生……」

と、恵子が言った。「私、こうして傷を押えてるから大丈夫。すぐ出発して」

「そうか。――よし、向うへ着いたら、きちんと手当する」

「うん」

安奈が恵子へと駆け寄って、

「恵子！　私につかまって。お母さんは荷物を持って下さい」

遠藤は金原の前に立つと、

「もう少しで、あの子を殺すところだったぞ」

と言った。「何があったにせよ、この女もあんたも、罪を償いなさい。泥に埋って死ぬよりいいだろう」

金原は、自分が恵子を撃ってしまったのがショックだったらしく、青ざめていたが、拳銃はしっかり握りしめていた。

その間に、人々は体育館から出て行き始めていた。須川が、

「お年寄と病人、けが人は車に！」

と指示している。

すると——あの大川由美が子犬のピロを抱いて、出口へと向っていた。その腕の中からピロがスルリと抜け出すと、トットッと歩いて行って——金原の足下へ寄って行ったのである。

そして、金原を見上げると、

「クゥーン……」

と、甘えるように鳴いた。

「ピロ」

由美が走って来て、「お礼を言いたいんだって、助けてくれて」

と、ピロを抱き上げる。

「俺にか」

と、金原は言った。

「うん。あんな台風の中を、助けに来てくれたもの。ね、ピロ」

「ワン」

と、ピロが鳴く。

金原の顔に、微笑が浮んだ。

そして、銃口がゆっくり下がって、金原は、

「分りましたよ」

と、遠藤へ言った。

「気が変ったか」

「いや。しかし、車を運転する人間が必要でしょう」

金原は拳銃《けんじゅう》をベルトに挟んだ。

由加は、床にペタッと座り込んでしまった……。

車は激しい雨と風の中を走り出した。

使える車は十台ほどで、何とか老人と病人を収容できた。

「痛む？」

と、安奈は言った。

傷を負った恵子に付き添って、安奈も車に乗っていた。ハンドルを握っているのは金原だ。

他に五、六人が詰めて乗っている。

車が揺れると、恵子が唇をかんで顔をしかめる。

「恵子、痛かったら声を出していいんだよ。そこまで我慢しなくても」

と、安奈が言った。

「安奈……」

と、恵子が囁《ささや》くように言った。

「何？」

安奈が恵子の口元へ耳を寄せる。

「もし……橋を車が渡れなかったら……」

「うん？」

「私のこと、置いて逃げてね」

安奈は呆《あき》れて、

「馬鹿言ってんじゃないわよ」

と言った。「親友を見捨てるような私だと思ってるの？」

恵子はちょっと笑みを浮べた。

「ありがとう、安奈……。一番の友だちだよ」

「恵子——」

「私、死ぬかもしれない。でも、死んだ方がいいの」

「何言ってるの！」

「私……本間さんを殺したんだもの」

安奈は耳を疑った。

「今——何て言ったの？」

「聞こえたでしょ」

「でも——」

「私が処女を捧《ささ》げたの、本間さんだったの」

安奈は言葉を失った。

恵子は続けて、

「あの採石場の跡で……。私、本当に夢中だった。本間さん、奥さんとの生活に疲れて、私といるときだけ救われる、って……」

「——信じたの」

「そのときはね。本間さんの他、何も見えなかった……。でも、その内に分った。私以外に何人も『君といるときだけ救われる』って言われてる女の人がいるって」

「恵子……」

恵子がすすり泣く。安奈は恵子を抱き寄せた。

「だから、安奈……。私、死んだ方がいいの」

「だめよ！　恵子、やり直せるって。悪いのは男の方だよ。しかも四十過ぎの。私、絶対に恵子を守ってやる」

安奈は恵子の肩を抱く手に力をこめた。

車は、町から出る橋へと近付いていた。

19　橋の向う側

急ブレーキで車が停《と》まった。

恵子が傷の痛みで、

「ああ……」

と、声を上げた。

「金原さん！　気を付けて」

と、安奈が思わず叫ぶ。

「すまん。前の車が停ったのが、雨で見えなかった。危うく追突するところだった」

と、金原が言った。「何かあったな。見て来る」

「うん……。ごめんなさい」

「しっかり傷口を押えてろ」

金原が車から降りて行く。一瞬ドアが開くと、雨が降り込んで来た。

橋がもう目の前だ。前には、須川が運転する車が停っていた。

「――どうしました？」

金原が駆けて行くと、

「どう思います？」

と、須川が言った。

須川の車のライトに、鉄骨の橋が浮び上っていた。川の水量はさらに増して、橋の上にかかり始めている。

「どうした！」

と、後ろの車から遠藤医師が降りて、駆けて来た。

「車が渡って大丈夫だと思いますか」

と、須川が大声で言った。

雨と風は一向に弱まらない。

「鉄骨が外れてます」

流れに押されて歪《ゆが》んだせいで、鉄骨をとめたボルトが何本か折れたのだろう。橋は、まるで吊《つ》り橋《ばし》のように揺れていた。

「ともかく向うへ渡らんと」

「しかし、車の重みに耐えられるかどうか」

車の重さで橋が落ちて流されたら、誰も渡れなくなる。

遠藤もさすがに途方に暮れた様子で、激しい流れが車のライトの中でチラチラと光るのを眺めていた。

「——どうしたんです！」

駆けて来たのは章と雅美だった。

「もう追いついたのか」

二人は、元気な人々と一緒に歩いて来ていた。

「この雨と風です。みんな急いで歩いてるんです」

「——車では難しい」

と、金原が言った。「歩いて渡ろう」

「病人やけが人は？」

「おぶって渡るしかない」

「誰が？」

「体力のある者が手分けしてだ」

と、金原は言って、「いいですね？」

と、須川と遠藤を見る。

「止むを得んな」

と、遠藤が肯《うなず》いた。「では、まず病人を――」

「待って下さい」

と、雅美が遮った。「徒歩の人たちが先に渡った方がいいです」

「しかし――」

「病人をおぶって渡れば遅くなります。万一途中で橋が流されたら――。自分で歩ける人たちを先に渡すべきです」

須川は遠藤と顔を見合せたが、

「――君の言う通りだ。章君、みんなを先導して渡れ！」

迷っている暇はなかった。

「足下に気を付けて！　揺れるぞ」

と、章が大声で怒鳴る。

次々に人々が橋の手前までやって来ていた。

「急げ！」

と、遠藤が怒鳴った。

「雅美、先に行ってくれ」

と、章が言った。「病人をおぶって渡る人間が必要だ」

「分ったわ」

雅美は章に素早くキスすると、「——皆さん！　私について来て下さい！」

と、先頭に立って橋へと足を踏み出した。

若い娘が先頭で渡り始めたことが、町の大人たちを奮い立たせた。——特に男たちは、

「さあ、行こう！」

と、女たちの手を取って、雅美について行く。

橋は揺れ、川の水がはねて白く飛び散った。

甲高い悲鳴や、「怖い！」という叫び声はいくつも上ったが、雅美が冷静に、足下を確かめながら先導したので、途切れることなく橋を渡って行く。

「——あれは大した女の子だな」

と、遠藤が言った。「さあ、病人とけが人だ」

引き返して二度渡らずにすむように、病人、けが人の数だけ、体力のある男を残してあ

った。

　章は車のドアを開けると、

「安奈。君は自分で歩いて渡ってくれ。恵子は僕がおぶって行く」

「でも出血が――」

「大丈夫。安奈、行って」

　と、恵子が言った。「さあ、早く」

「分った。――橋の向うで待ってるね」

「うん」

　安奈は恵子の手をギュッと握った。――死なないで、恵子！

　安奈は雨の中を駆け出して行った。

「さあ、行け！」

　須川が促す。

「お父さん――」

「河井君が一緒に行く」

「うん。気を付けてね」

「行きましょう」

　と、河井麻美が安奈の手を取った。

「お母さんは？」

た。しかし、顔にまともに雨が当るので、目を開けていられない。

「安奈さん！　気を付けて！」

麻美が安奈の後ろについて来ていた。

足下の板が滑るのだ。――やっと半分ほどまで来たときだった。

突然、目の前の板が一枚、はね上るように外れて、水が噴き上った。安奈がよろけて、手すりの隙間から川へ落ちそうになった。

「危い！」

麻美が安奈の腕をつかんで引張る。安奈は懸命に手を伸して、手すりをつかんだ。

「つかまって！」

麻美が、安奈を外れた板の向うへ押しやった。そのとき、橋が大きく揺れて、手すりをつかんでいなかった麻美は声を上げる間もなく、黒い流れの中へ吸い込まれた。

「河井さん！」

安奈は叫んだ。

しかし――もう麻美の姿は見えなかった。

「急いで！」

と、向う側からやって来たのは雅美だった。

「河井さんが……流された」

「そう。仕方ないわ。もう無理。さあ、早く来て！」

雅美が安奈の手をつかんで引張る。

「河井さんが……」

安奈は、泣いているのか、雨が顔に当っているのか、自分でも分らなかった。

雅美に引かれて、橋の向うへ渡り切ると、安奈は膝《ひざ》をついてしまった。

「立って！　もう少し行かないと危いわ」

「でも――章が――」

「川の水がここまで上って来るかもしれないの。早く立って！」

雅美に抱きかかえられるようにして、安奈は先に渡った人たちが固まっている所まで、坂道を上った。

「ここにいて」

雅美が橋の方へと戻って行く。

「よし、行くぞ」

章が恵子をおぶった。恵子が低く呻《うめ》いた。

「痛いか？　我慢しろよ」

「章さん……。私を置いて行って」

と、恵子は言った。

「何だって？」

「安奈には話したの。私、本間さんを殺した」

「恵子ちゃん……」

「だから、私は死ぬ方がいいの」

「馬鹿言うな！　行くぞ」

恵子をしっかり背負い直すと、章は車を出て橋へと向った。

「しっかりつかまってろ」

と、遠藤が恵子へ言って、「お前はちゃんと手すりをつかんで行けよ」

と、章に言った。

「はい！」

章が恵子を背に、橋へと足を踏み出す。

「章さん！　危くなったら、私を置いて行って！」

と、恵子が言った。

「馬鹿言え！　安奈に俺が殺される！」

と、章は言い返した。

　そのとき――。

　安奈は、顔を上げた。

「どうしたの？」

　と、思わず声が出る。

　町の人々が当惑している。

　突然、雨と風がピタリと止んだのである。

「――見て！」

　と、誰かが言った。「星が出てる！」

　見上げる夜空に、星が見えた。

　それはまるで、見えない巨人がみんなの上に覆いかぶさって、雨と風を防いでくれているようだった。

「――台風の目だ」

　と、安奈は言った。「目の中に入ったんだわ！」

　章が恵子をおぶって、橋を渡り切った。

　安奈は駆け出して行った。

「恵子！　良かった！」

「安奈……」

「台風の目だよ！」

「うん……。これって、死ぬな、ってことなのかな」

「そうよ！　さ、つかまって」

「ありがとう……」

恵子は安奈の肩にしっかりとつかまって、歩き出した……。

「今の内だ！」

と、遠藤が声をかけ、「さ、早く行って」

病人、けが人をおぶった町の男たちを次々に送り出して行く。もちろん、川の流れは変らず、橋は揺れ続けているが、雨と風がないので、歩きやすさが全く違う。

「さ、行ってくれ」

遠藤が、最後の一人――金原へ言った。

「いや、遠藤さん、行って下さい」

「医者として、最後でないと――」

「そんなこと、関係ないです」

と、金原は首を振って、「私は、あの新井由加をおぶって渡ります。自分が傷つけたんですから。早く、最後の一人を」

「そうか……。分った」

遠藤は、窓ガラスの破片で足を切った男を背中におぶった。

「重いな。ちょっとはダイエットせい！」

「すんません」

けがした当人が、とぼけた口調で謝った。

遠藤が橋を渡り始める。――橋の向うでは、雅美が立って、手を振っていた。

「――遠藤さんで最後かな」

雅美のそばに、須川が来て言った。

「まだ金原さんと、あの新井由加って撃たれた女の人が……」

と、雅美が言った。

「そうか。しかし、うまく台風の目に入った。今の内に何とか……」

遠藤医師が、やっと橋を渡り切った。

「さあ、手伝いますよ」

と、須川は、おぶわれていた男に肩を貸して、「片足で飛んで歩くようにして……。できますか？」

「ああ、何とか……」

「やれやれ」

遠藤は息をついて、「人のことばかり言ってられん。俺もやせなくてはな」

「金原さん、見えませんよ」

と、雅美が言った。

「なに？」

遠藤が橋の方を振り返った。「あいつ、何をしとる！」

そのとき、橋の向うで、車のライトが動くのが見えた。

「車が動いてます！」

と、雅美が言った。「まさか、金原さん……」

「そんな馬鹿な」

「でも——車がこっちへ来ます！」

車が橋へと乗り入れた。

「あいつ……。どうしたっていうんだ！」

車は、右へ左へと揺れながら進んで来る。

「橋が、もってくれますように」

と、雅美が祈るように言った。

だが、車がちょうど橋の半分ほどにさしかかったとき、橋を支える鉄骨の一本が、悲鳴のような音と共に曲って外れた。

「ああ！」

と、雅美が叫んだ。

橋が流れに押し流される。車が呑《の》み込まれて、ライトがアッという間に黒い流れの中に消えた。

橋は、次々に鉄骨が折れ曲って、激しい流れの中に消えて行った。

「——覚悟の上だったな」

と、遠藤が息をついた。

「そうですね。きっと……」

「さあ、今の内に採石場の跡まで行くんだ!」

と、遠藤は言った。「みんな、もうひと息だ! 頑張れ!」

町の人々は、立ち上って歩き出した。背負われる者、背負う者、誰も口をきかなかった。

グチも言わず、苦痛も訴えず、ただ黙々と歩き続けた……。

エピローグ

安奈が目を覚ましたとき、窓からはまぶしいような日の光が差し込んでいた。

「晴れてる？」

と、起き上った安奈は、採石場跡の建物から外へ出た。

「――青空だ」

信じられないほど澄んだ深い青色の空が、頭上に広がっていた。

他にも町の人たちが何人か、外へ出て、太陽の光を浴びていた。

「目が覚めたか」

遠藤医師がやって来た。

「私……ぐっすり眠っちゃった」

「当り前だ。みんな疲れ切っとる」

と、遠藤は肯《うなず》いて、「しかし、ここは大丈夫だったな。さすがに建物の作りがしっかりしとる」

「あの――恵子は？」

「傷の手当をして、今は眠っている。心配するな」

「そうですか……」

でも、恵子には、まだこれから辛《つら》い日々が待っているのだ。

遠藤が安奈の肩に手をかけ、

「聞いたよ。あの子からな」

「恵子が……」

「本間にこそ罪がある。あの子は立ち直るさ」

「ええ……」

「そうだ。そういえば、お前の親父さんが何か訊《き》きたいと言ってたぞ」

「え？」

安奈はハッと息を呑んだ。――河井麻美のことを、父に話していない。採石場跡に着いて間もなく、また台風が襲って来た。どこで寝るか。病人をどうするか。そんなことで混乱している内、父とは話す機会がなくなってしまったのだ……。

「河井さんが……川に落ちたんです」

と、安奈は目を伏せて、「私が落ちそうになったのを助けてくれて、自分が……。アッという間でした」

「そうか……。仕方ない。親父さんも分ってくれるさ」

そこへ、

「先生、貧血起した人が」

と、誰かが呼びに来て、遠藤は行ってしまった。

安奈は、濡《ぬ》れた服が冷たくて、身震いした。——後ろから毛布がかけられ、振り向くと、父が立っていた。

「——お父さん」

「聞いてたよ、今」

と、須川は言った。「お前が無事で良かった」

「ごめんね……。私が一緒でなきゃ、河井さん……」

「もうよせ」

須川は安奈を抱きしめた。安奈は父の胸の中で少し泣いた。

「——母さんだ」

「え？」

弥生がやって来ると、

「起きたの、安奈」

「うん……」

「でも——生きのびたわね」

と、弥生は青空をまぶしげに見上げた。

安奈が河井麻美のことを話すと、弥生は、

「そう……。姿が見えないとは思ってたけど」

と言った。「本当なら、お母さんがついてなきゃいけなかったのにね」

「弥生。——三人で、やり直そう」

と、須川は言った。「拾った命だ。大事にしなくてはな」

「ええ……。ごめんなさい。私も……」

「何も言うな」

と、須川が妻の肩を抱いた。

「町、大丈夫だったのかな」

と、安奈は言った。

「明け方に、凄《すご》い音がして、揺れた。気付かなかったか？」

「全然。じゃ、やっぱり？」

「おそらくな。——どの程度の被害か分らんが」

「そういえば……恵子のお父さん、どうしたんだろ？」

「古田さんか。いないな、確かに」

「こっちへは来なかったよね。恵子のお母さん、心配してたけど」

「後になってみないと分らんことが、きっと色々出て来る」

「あ、章だ」

安奈は両親から離れて、伸びをしている章の方へ駆けて行った。

「章！」

「ああ、起きたのか。何度か見に行ったけど、あんまり良く寝てるから起こさなかった」

「起してくれればいいのに！」

と、安奈はにらんだ。「——あの人は？」

「雅美か？　中だろ。おやじに受けるらしくて、人気者さ」

「大人の女だね。——私、とてもかなわない」

「勝ち負けじゃない。安奈は安奈で、他の誰とも違うんだ」

「うん……」

安奈は肯いて、「私も東京の大学に行こうかな。きっと章よりすてきな男の子が一杯いるね」

二人は一緒に笑った。

「——お邪魔かしら？」

振り向くと、雅美が立っていた。

「ちっとも」

「長い夜だったわね」

と、雅美が言った。「でも、朝は来るのよ」

「うん、そうだな」

そのとき、安奈はかすかな「音」に気付いた。

「ね、聞いて！」

「どうした？」

「この音……。ヘリコプター？」

「本当だわ！」

と、雅美が頭上を見上げる。

その音は近付いて来て、やがてヘリコプターが姿を見せた。大勢が建物から飛び出して来て、ヘリコプターへ手を振った。

採石場の跡なので、広い場所がある。ヘリは砂埃《すなぼこり》を巻き上げながら、着陸した。

消防隊員が降りて来ると、

「——遠藤先生！」

と、駆けて来た。

「やあ、お前か」

「これは体育館に避難していた人たちですか？　全員？」

「ほとんどだ。何人か命を落としたが」

「でも、町の人たちですね！　良かった！　どうしたかと思ってました」

「体育館は？」

「山が崩れて——。跡形もありません。全滅したのかと思って、青くなりました」

「そうか。——町は無事か？」

「いえ、半分ほどが、やはり土砂崩れでやられています」

「半分で済んだか」

と、遠藤は肯《うなず》いた。

「早速連絡して、向うの町から迎えをよこします」

「けが人、病人がいる。救急車も頼む。集められるだけ集めてくれ」

「分りました！」

消防隊員がヘリへと駆け戻って行く。

「あの……」

おずおずと遠藤へ声をかけたのは、役場の男だった。

「何だ、いたのか」

「どうも……ありがとうございました」

「なに、誰でもあんなときに正しい判断をするのは大変さ」

と、遠藤はニヤリと笑って、「ともかく助かって良かった」

「はあ、全く……」

「後は頼む。あんたの仕事だ」

遠藤は建物へと戻って行った。

——安奈は、町の人たちを避けるように、章と雅美が腕を組んで歩いて行くのを眺めていた。

ふしぎなことに、二人を見ていても、少しも辛くなかった。

自分が出会うべき相手は、他にいる。

なぜか安奈にはそう分っていた。

「そうだ、恵子！」

けがをした親友のところへと、安奈は駆け出して行った。

解説

辻《つじ》 真《ま》先《さき》

地方都市の高校、夏休みが終ったばかりの平和な光景から、物語の幕は上がります。ところが台風の接近にともない即時下校の指示が下り、高校生須川安奈《すがわあんな》が帰宅すると矢継ぎ早に住民に避難命令が発せられ、体育館へ町の人々が集まりはじめてしだいに不安がたちこめる緊迫した情景に、変化してゆくのです。

そこへ安奈のボーイフレンドで東京に進学していた石尾章《いしおあきら》の帰郷、恋人琴平雅美《ことひらまさみ》が章を追って町に現れる……。

波瀾《はらん》を予想させる序幕ですが、読者があやぶむ暇もないうちに台風は刻々と近づいて、安奈や親友古田恵子《ふるたけいこ》はもちろん、章につづいて雅美まで体育館に顔を揃えたから、これはもうトラブル間違いなしですね。

そんな読者の予想を上回る勢いで、体育館を舞台にドラマがうねりだすのがこのお話ですが、ここで解説役として、若干の注釈をはさませていただきます。ウルサイなぞと仰《おっしゃ》らず、どうかご静聴のほどを。

物語の構成技術に、グランドホテル形式という方法があります。『台風の目の少女たち』は、そのサンプルのひとつと考えてください。

大勢の登場人物を限定された場所に集めた作者が、そこへなにかの一石を投ずるのです。石の正体は人間同士の愛憎であったり、火災であったりしますが、ここでその役目を果たすのはむろん台風です。

となるとこの長編は、単なるグランドホテルタイプでなく不可避の大事故が襲いかかる『タイタニック』の構造にたとえるべきかも知れません。読者はこのあとずっと、作者が投じた石の波紋にもてあそばれる人々の、悲劇的なあるいは喜劇的な様相を、見守ってゆくことになるのですから。

解説者でしかないぼくに、読者のあなたの性別も年恰好《としかっこう》もわかりません。ですがこの物語世界にはさまざまな世代、多岐にわたる境遇の人物がひしめいていますので、中にはあなたに似通った、またはあなたが共感できるキャラクターが、きっと顔を見せていると思います。

タイトルも『少女たち』と複数になっていますね。軸になる少女のひとりは安奈ですが、章をはさんで対立関係にある雅美もいます。やがて大きな秘密をかかえてしまう恵子もいます。

ではどんな形の対立になるのか、また恵子の秘密とはなんなのか。

解説に目を通しているあなたが小説を読む前だったら、ネタバレになるので申し上げませんが、少女たちだけでも問題が渦巻いているのに、周囲のおとなたちときたら、いっそう暗くて深い事情を隠したりしています。

いやもう体育館は、人の愛憎が滾《たぎ》る坩堝《るつぼ》と化しました。

ぶつかりもつれる人の心の軋《きし》むさまを、あえて読者にさらけ出す——これが、この物語形式の醍醐味《だいごみ》というわけです。

現実に年齢を重ねるにつれ〝おとなの事情〟は濃密な陰影を帯びてゆき、やがてドス黒い亀裂が当人を呑《の》み込むことでしょう。そうはなるまいと崖《がけ》っぷちでギリギリ耐えているおとなたちも、もし気まぐれな風に背を押されたら、アッという間に転落するかも知れません。

まして今夜は、気まぐれどころか台風が吹き荒れるのですから、いつもなら沈着冷静を装う人物さえ、醜く馬脚をあらわす羽目になるでしょう。

いわばこの長編は、実験装置なのです。

危機に陥った人間が、恥も外聞もなく素《す》にかえる姿を蒐集《しゅうしゅう》した陸族館。そう思いませんか。

もちろんあなたは読者であって、天の高みから登場人物の右往左往を楽しんでくだされば、それはそれで結構なのですが……。

でも、ちょっと待ってください。先ほどあなたはキャラクターの中に、自分を投影できる誰かをみつけたのでは？　それなら当然その人物の行く末を知りたくて、次のページをめくっていたのではありませんか。陸族館のガラス鉢を外から眺めていたあなたが、いつの間にやら鉢の中の誰かと同化していたのではないでしょうか。

（こんなとき私ならああする）

（イヤ、俺だったらそんな行動をとるもんか）

　じれたり心配したり腹をたてたり、次へ次へと読み進めたあなたなら、ぼくのいうことを肌で感じられたはずですし、未読のあなただったら、この後きっとそんな読書体験をなさることでしょう。

　愛憎のしがらみも天災への畏《おそ》れも、もはやひとごとではありません。テレビやネットの画面で逆巻く濁流を見物していたあなた自身が、濁流に投げ込まれてもがいているのです。

ああ、これは決して他人の話じゃない、わが身に置き換えて考えるべきなんだ！

……と、そこまで読者をからめとるのが、フィクションの力です。

　数多く人物を登場させても混乱を齎《もたら》すどころか、鮮やかに捌《さば》いて描きわけて、安定したリズムで読者をみちびいてゆく。そんな読書時間の演出者として、赤川さんはたぐいまれな書き手です。たとえ悲劇的な設定であっても、遠くに明かりをともしてみせる赤川作品に、読者の圧倒的な支持があつまるのは当然でしょう。

　ぼくは赤川さんの同業者なのですが、どうにもかなわないと嘆じるのは、魅力的なキャラクターの創造力です。

映像畑でプロット創りに精を出してきたぼくは、話を組み立てる経験なら積みました。でも、その物語世界をバックに読者の前で演ずるのは登場人物です。それなのにぼくは読者のハートを撃ち抜くほどの、斬新な人物が創れません。たぶんそれは、既成の彼や彼女（ときにロボットだったり超能力者だったり）を与えられて、そのキャラをより華々しく造形する、そんな仕事を繰り返してきたためかと思います。

ところが赤川さんが送り出す人物は、超人でもないのにオリジナリティ豊かな天空海闊《てんくうかいかつ》ぶりを発揮して、どんな年齢層の読者にもアピールするではないですか。

たとえば雅美がその好例です。主役の安奈のライバルだというのに、なんのこだわりもなく読者の懐へポンと飛び込んでゆくでしょう。終盤近くに彼女はいいます。「でも、朝は来るのよ」そんな台詞《せりふ》をサラリとのこして、章と腕を組んで歩み去る。

そのふたりを黙って見送る安奈は、なにを考えていたのでしょう。敗北の思いにうちのめされたか。いいえ、違います。彼女の受け止め方もまた、みごとに赤川イズムを具現しております。

甘いだけでも苦しいだけでもない。真摯《しんし》な葛藤《かっとう》を経たあとの爽涼《そうりょう》感を、少女たちは惜しげもなくふりまいてくれる。ひとごとではなく、あなたが背負うかも知れない問題の解決を暗示するかのように。

どうか読者のあなたに、この充実した心地よさを味わっていただきたいと存じます。

本書は、二〇一二年三月にハルキ文庫より刊行されました。

台《たい》風《ふう》の目《め》の少女《しょうじょ》たち

赤《あか》川《がわ》次《じ》郎《ろう》

令和2年 9月25日　初版発行
令和6年 4月30日　5版発行

発行者●山下直久

発行●株式会社KADOKAWA
〒102-8177　東京都千代田区富士見2-13-3
電話　0570-002-301(ナビダイヤル)

角川文庫 22327

印刷所●株式会社KADOKAWA
製本所●株式会社KADOKAWA

表紙画●和田三造

●お問い合わせ
https://www.kadokawa.co.jp/（「お問い合わせ」へお進みください）
※内容によっては、お答えできない場合があります。
※サポートは日本国内のみとさせていただきます。
※Japanese text only

ISBN 978-4-04-109568-3　C0193

◆◇◇

角川文庫発刊に際して

角川源義

第二次世界大戦の敗北は、軍事力の敗北であった以上に、私たちの若い文化力の敗退であった。私たちの文化が戦争に対して如何に無力であり、単なるあだ花に過ぎなかったかを、私たちは身を以て体験し痛感した。西洋近代文化の摂取にとって、明治以後八十年の歳月は決して短かすぎたとは言えない。にもかかわらず、近代文化の伝統を確立し、自由な批判と柔軟な良識に富む文化層として自らを形成することに私たちは失敗して来た。そしてこれは、各層への文化の普及滲透を任務とする出版人の責任でもあった。

一九四五年以来、私たちは再び振出しに戻り、第一歩から踏み出すことを余儀なくされた。これは大きな不幸ではあるが、反面、これまでの混沌・未熟・歪曲の中にあった我が国の文化に秩序と確たる基礎を齎らすためには絶好の機会でもある。角川書店は、このような祖国の文化的危機にあたり、微力をも顧みず再建の礎石たるべき抱負と決意とをもって出発したが、ここに創立以来の念願を果すべく角川文庫を発刊する。これまで刊行されたあらゆる全集叢書文庫類の長所と短所とを検討し、古今東西の不朽の典籍を、良心的編集のもとに、廉価に、そして書架にふさわしい美本として、多くのひとびとに提供しようとする。しかし私たちは徒らに百科全書的な知識のジレッタントを作ることを目的とせず、あくまで祖国の文化に秩序と再建への道を示し、この文庫を角川書店の栄ある事業として、今後永久に継続発展せしめ、学芸と教養との殿堂として大成せんことを期したい。多くの読書子の愛情ある忠言と支持とによって、この希望と抱負とを完遂せしめられんことを願う。

一九四九年五月三日

角川文庫ベストセラー

角川文庫ベストセラー

三毛猫ホームズの運動会　赤川次郎

今日は警視庁の運動会。片山も晴美も、石津も三毛猫ホームズも今日ばかりはルンルン気分。だが、こともあろうに、脱獄囚がまぎれこみ運動会は大混乱。さあ、ホームズ、どうする？

三毛猫ホームズの恐怖館　赤川次郎

片山兄妹とホームズは、ガス事故現場で女子高生の死体と行きあわせてしまった！　ドラキュラ、フランケンシュタインと黒猫が登場し、謎がまた謎を呼ぶ怪事件。ホームズ、どうさばく⁉

三毛猫ホームズの騎士道　赤川次郎

片山刑事と妹晴美、石津、そしてホームズが、初の海外旅行へ。行先はロマンチック街道。日本有数の資産家の殺人事件解明のために。古城に招いた一族全員に動機が……。

三毛猫ホームズのびっくり箱　赤川次郎

箱が人を殺したって……？　ごちそうを期待してパーティーに出かけた石津、片山両刑事の前に出されたのは、こんな難問だった。またまた怪事件発生。三毛猫ホームズがこの事件に挑む。

三毛猫ホームズの幽霊クラブ　赤川次郎

ドイツを旅行する、お馴じみの一行。ある夜、古城ホテルに泊まったのだが、正体不明の〈幽霊クラブ〉やら殺人事件が発生！　ドイツより愛と恐怖をこめて贈る、絶好調、人気シリーズ。

角川文庫ベストセラー

鼠、江戸を疾る

赤川次郎

江戸の町で噂の盗賊、「鼠」。その正体は、「甘酒屋次郎吉」として知られる遊び人。妹で小太刀の達人・小袖とともに、次郎吉は江戸の町の様々な事件を解決する。江戸庶民の心模様を細やかに描いた時代小説。

鼠、闇に跳ぶ

赤川次郎

江戸の宵闇、屋根から屋根へ風のように跳ぶ、その名も盗賊・鼠小僧。しかし昼の顔は〈甘酒屋の次郎吉〉と呼ばれる遊び人。小太刀の達人・妹の小袖とともに、江戸の正義を守って大活躍する熱血時代小説。

鼠、影を断つ

赤川次郎

母と幼い娘が住む家が火事で焼けた。原因は不明。さらに母子の周辺に見え隠れする怪しい人物たち。何かあると感じた矢先、また火事が起こり——。鼠小僧次郎吉が、妹で小太刀の達人・小袖と共に事件を解く！

鼠、夜に賭ける

赤川次郎

〈鼠〉こと次郎吉の家に大工の辰吉が怒鳴り込んできた。自分の留守中に女房のお里が身ごもり、その父親は次郎吉だというのだ！　失踪したお里を捜すうち、意外な裏が見え始めてきた——。シリーズ第4弾！

鼠、剣を磨く

赤川次郎

縁日で行きずりの男の子に「おっかさんだよ！」と取りすがって泣く女。錯乱した女か——と誰もが素通りする中、次郎吉の妹・小袖は女の命を狙う浪人を見逃さなかった。女の素性は？「鼠」シリーズ第5弾！

角川文庫ベストセラー

RDG2 レッドデータガール はじめてのお化粧　荻原規子

東京の鳳城学園に入学した泉水子はルームメイトの真響と親しくなる。しかし、泉水子がクラスメイトの正体を見抜いたことから、事態は急転する。生徒は特殊な理由から学園に集められていた……!!

RDG3 レッドデータガール 夏休みの過ごしかた　荻原規子

学園祭の企画準備で、夏休みに泉水子たち生徒会執行部は、真響の地元・長野県戸隠で合宿をすることになる。そこで、宗田三姉弟の謎に迫る大事件が……！ 大人気RDGシリーズ第3巻!!

覆面作家は二人いる 新装版　北村薫

19歳でデビューした覆面作家の正体は、大富豪のご令嬢・新妻千秋。だが、担当となった若手編集者・岡部良介は、ある事件の話をしたことから、お嬢様の意外すぎる顔を知ることに。名手による傑作ミステリ！

覆面作家の愛の歌 新装版　北村薫

ミステリ界にデビューした新人作家の正体は大富豪の美貌のご令嬢。しかも彼女は現実の事件の謎までも鮮やかに解き明かす。3つの季節の事件に挑むお嬢様探偵の名推理、高野文子の挿絵を完全収録して登場！

覆面作家の夢の家 新装版　北村薫

12分の1のドールハウスで行われた小さな殺人。そこに秘められたメッセージの意味とは？ 美貌のご令嬢にして覆面作家、しかも名探偵の千秋さんと若手編集者・岡部良介の名コンビによる推理劇、完結巻！